U0626691

四季诗选

尹帮斌◎编

【清】

李化楠
李调元
李鼎元
李骥元

四川民族出版社

图书在版编目（CIP）数据

四李诗选 / 尹帮斌编.—成都:四川民族出版社,
2023.9

ISBN 978-7-5733-1543-4

Ⅰ.①四… Ⅱ.①尹… Ⅲ.①古典诗歌－诗集－中国
－清代 Ⅳ.①I222.749

中国国家版本馆CIP数据核字（2023）第193086号

SI LI SHIXUAN

四李诗选

尹帮斌 编

责任编辑	秦　琳
责任印制	谢孟豪
出　　版	四川民族出版社
地　　址	四川省成都市青羊区敬业路108号
成品尺寸	145mm × 210mm
印　　张	8
字　　数	178千
印　　刷	成都市兴雅致印务有限责任公司
版　　次	2024年1月第1版
印　　次	2024年1月第1次印刷
书　　号	ISBN 978-7-5733-1543-4
定　　价	59.00元

著作权所有·侵权必究

本书若出现印装质量问题，请与本社联系调换。

序

罗江之名，始于一条江。明曹学佺《舆地名胜志》说："罗江，两水相鑗成罗纹，县因以为名。"其中的两水，即罗江二源：泞水、潵水。泞水为东支，潵水为西支。二水在罗江城北汇合后，即名罗江。因江得名的罗江古城已经有1700余年的历史了。

泞水、潵水流经的罗江北部，形成了众多"肥美"的坝子。这些坝子的周围，是起伏低缓的群丘。人们不断地在这些地方发现汉代的崖墓，并发掘出土不少汉代文物。专家们认为，至少从汉代开始，泞水、潵水流域已经是非常发达的农耕地区，创造了大量的农耕文明成果。

明代，这里出了两个著名的文士，即吴琼、吴瑛两兄弟。吴瑛为正德二年（1507年）举人，曾任陕西泾阳令。"二吴"俱有文名，人们在城北修建了"兄弟继美坊"，用以倡文运、励后学、植人才。

到了清代，这块土地孕育出著名的"叔侄一门四进士，弟兄两院三翰林"的李氏家族，把罗江文化推向了一座高峰。这个家族为复兴巴蜀文化，准备了一百年（从明末到清雍正末），奋斗了一百年（从清乾隆初至道光年间），不仅留下了丰硕的文化成果，也为罗江树立起一座文化的丰碑。

按照时间的先后顺序，"四进士"成为进士的时间为：

李化楠（1713—1769）：乾隆壬戌科（1742年）进士，时年29岁；

李调元（1734—1803）：乾隆癸未科（1763年）进士，时年29岁；

李鼎元（1749—1815）：乾隆戊戌科（1778年）进士，时年29岁；

李骥元（1755—1799）：乾隆甲辰科（1784年）进士，时年29岁。

巧合的是，四人成为进士的时候都是29岁。但成为进士以后，四人却经历了别样的人生。李化楠决心做一个好官，却在疾病与官场内斗中含恨离世；李调元宦海沉浮二十年，晚年又经历了社会动乱的洗礼，但他最终完成了一项可以名垂青史的文化工程，大型丛书《函海》嘉庆版经他手订刊刻完成；李鼎元出使琉球，不辱使命，但最后客死扬州，家人甚至无钱扶棺回乡安葬；李骥元作为御用词臣，孱弱加上劳瘁，成为英年早逝的才子。

"四进士"中，李化楠是四川著名的循吏，李调元是百科全书式的大学者，李鼎元为知名于世的使臣，李骥元为嘉庆帝欣赏的词臣。所谓"时势造英雄"，"四进士"的人生轨迹恰是清代社会文人士大夫人生的一个缩影。

"四进士"有一个共同点，即他们都是诗人，都有自己的诗集存世。这样一个诗歌家族，在四川也是少见的。大略地说，"四进士"诗歌创作具有以下几个特点。

一、时间跨度长

从诗集存诗的情况来看，李化楠《万善堂集》为其子李调元编刊，其中有明确纪年的最早的诗为《甲子四月静养斋即事》，这已经是乾隆九年（1744年）的作品，这时李化楠已经过了而立之年，他作诗习诗应该早在青少年时期就开始了；李调元的诗歌有明确的纪年，起于戊辰（乾隆十三年，1748年），止于壬戌（嘉庆七年，1802年），时间跨度50余年；李鼎元自选集《师竹斋集》收录的诗歌止于庚申（嘉庆五年，1800年），但其诗歌创作活动应到66岁去世时（嘉庆二十年，1815年）止。整个看来，"四进士"的诗歌创作活动历经雍正、乾隆、嘉庆三朝，时间跨度80余年，正逢清代社会较为稳定和繁荣的时期。

二、交往诗人多

"四进士"生活的时代，正是清诗繁荣发展的时期。"四进士"广交名士，他们与当时著名诗人纪晓岚、袁枚、姚鼐、赵翼、吴省钦、法式善、杨芳灿、王昶、张问陶等都保持着深厚的友谊并相互唱和；同时，这个诗歌群体也和故乡的诗人们结社、雅集，不但团结和引领了一大批诗人，而且推动了德阳乃至四川地区诗歌文化的发展。在孙桐生编《国朝全蜀诗钞》中，仅罗江诗人即录入11人，这些诗人都是"四进士"的诗友或亲人。其中有刘全禄、冉玉嘉、颜明典、李季兰、赵云霞、万氏、刘虚静等。中江孟邵、绵竹唐乐宇、广汉张邦伸等都与李调元交好。特别是张邦伸，与李调元结为姻亲，其子张怀湜不但是优秀的诗人，而且刊刻了《四家诗选》（袁枚、王文治、赵翼、李调元），为传承和弘扬诗歌文化做出了贡献。

三、创作体量大

以李调元为代表的"四进士"给我们留下了大量的著作，这些著作反映了清代社会生活的许多方面。仅就诗词创作数量而言，目前还没有人做过准确的统计。笔者根据"四进士"的存世诗集，参考了部分学者的研究成果，推断四人创作的存世诗词4700余首。其中，李化楠《万善堂集》10卷存诗512首，另附词8首，合计520首；李调元《童山诗集》42卷存诗2448首，《蠢翁词》2卷收词59调105首，合计2553首；李鼎元《师竹斋集》14卷存诗1234首；李骥元《李中允集》6卷存诗433首。当然，这个统计是粗略的，不一定准确，"四进士"还有很多遗诗保存在其他的别集中，特别是李鼎元，他出使琉球后十多年的诗作都散佚了。如果加上四李的文赋作品，那么他们留下的文学作品在5000件以上。从诗文创作的体量上来看，"四进士"是清代四川文化发展进程中的一座丰碑。

四、反映社会面广

"四进士"见识的广度决定了他们诗歌创作的宽度，认知的高度决定了他们诗歌创作的深度。四人在出仕以前，都生活在川西平原与川中丘陵交界处的罗江。这里有素称发达的农耕文明，有悠久厚重的历史文化。他们的根在乡村，熟悉乡村，青少年时代也从事一些农业生产劳动，因此早期都有风格浓郁的田园诗。出仕以后，四人走上不同的人生道路，宦海沉浮，对清王朝治下的政治、经济、军事、文化等有了深刻的认识。虽他们担任的官职不高，但四人都有和乾隆见面的机会，和六部长官、地方大员有直接的交往，还和普通百姓建立了真挚的友谊。特别是李鼎元作为特使出使琉球，更是许多士大夫没有的经历。四人在仕宦之余，都喜欢游历，他们的游踪宦迹涵盖了大半个中国，特别是四人数次出入蜀道，都留下了蜀道诗篇，对于研究这一世界文化遗产留下了珍贵文献。总的说来，"四进士"诗歌反映的社会面达到了一个较高的层面，是一部记录清代社会生活的"史诗"。

五、艺术价值高

"四进士"的诗歌具有鲜明的清诗特征。清代是一个百花齐放，各种诗歌流派竞相崛起的时代。他们的诗，既受到蜀中前代诗人陈子昂、李白、苏轼、杨慎的影响，也受到杜甫、韩愈、白居易、陆游等大家的影响。我们通读"四进士"的诗作，发现他们尝试各种诗体、各种风格，广泛地汲取了中华优秀诗歌文化的营养。

时人评价李化楠，"优于学、熟于史、详于天时人事"，"笔之所之，情不自禁"，李调元谓其父，"府君工吟咏，春秋佳日，辄以诗酒自娱"。李化楠的诗工整清丽，对事物的刻画生动真切。李调元的诗既有悠闲恬静、移情山水的意境，也有行文飘逸、气势雄豪的古风。李调元的诗歌创作走的是李白的道路，但是诗中的书卷气很浓，人们说其诗是"学者之诗"。他的诗形式自然，语言质朴，有很多反映底层人民群众生活的诗篇。李鼎元"才笔谨严、风骨高俊，在群季中尤称白眉……奉使诸作，才气雄健豪迈，前无古人，即雨村诗老，亦当退舍，诚卓然为西蜀一大宗也"（孙桐生语）。

李骥元"诗有奇气","能自铸伟词,未经人道,与墨庄可称'二难'"(孙桐生语)。四人中,人们对李调元的诗研究得多些,对于李化楠、李鼎元、李骥元的诗作,则了解得很少。

为了让读者了解"四进士"诗歌的大体风貌,初步认识这笔珍贵的文化遗产,笔者编选了这本《四季诗选》,以满足人们对了解学习"四进士"诗歌的需要。

尹帮斌

2023年4月

目录

李化楠和他的诗

　　李化楠是清代罗江的第一个进士，引领李氏家族和罗江文化走向复兴的主要人物之一，也是罗江历史上最早留下完整文集的人。他的成就主要在政绩，是清代四川著名的循吏，所以人们往往忽略了他在诗文方面的成就。

　　李化楠生于康熙五十二年（1713年）。此时，李氏家族在罗江已经繁衍到第三代（自李攀旺起）。明末清初萧条的社会经济逐渐恢复发展起来，为李家子弟提供了受教育的良好条件。李调元《诰封奉政大夫同知顺天府北路事石亭府君行述》（简称《行述》，以下所引，若无特别指出出处，皆出自此文）记载："府君姓李氏，讳化楠（通家生王文治填讳），字廷节，号石亭，世居四川罗江县之南村坝李家湾。""生即颖异，喜读书，尤好经义。家贫兼耕，尝携一经就陇畔读之。故未弱冠，即补博士弟子员。"李化楠少时不仅喜读书，而且表现出极高的组织管理才能。李调元回忆说："先是府君垂髫时，已立志为名宦。与群儿戏，自为假官，旁列书吏皂役，使两儿设为两造，各以讼呈。有狡黠不以理诉者，即变色重扑之。群儿往往受杖而泣。先王父窥之，

1

谓人曰：'吾儿他日必为老吏，观断狱可知也。'"

乾隆七年（1742年），李化楠中壬戌科进士，时人以为"破天荒"，因为在清初百余年间，李化楠是罗江中进士的第一人。"旋考入咸安宫教习，不就而归。远近从学者，常百人。执经问难，殆无虚日。"李化楠这次居乡时间长达十年，除了子侄辈聆听教诲外，罗江士人也沾惠不少，极大地带动了罗江一地教育的发展和文化的普及。

自乾隆十六年（1751年）担任秀水县令起，至乾隆三十四年（1769年）卒于顺天府北路同知兼署密云大差任上，李化楠回乡丁忧两次，分别是戊寅（1758年）丁父忧、癸未（1763年）丁母忧，实际担任州县职务十二年。十二年间，李化楠清廉自守，表现出杰出的地方治理才能，时人称"获上治民，不愧古循吏"（吴省钦《顺天府北路同知李君传》），受到后人广泛赞誉。

李化楠为政，第一为能。余姚任上，"锐意除盗"，整饬社会治安；创"枉生所"，"使贼学其技艺"；熟悉县情，"奸吏侵蚀，立能指摘"；设立书院，表彰人才……余姚面目为之一新。平湖任上，清理积案，得"七年如云烟，两月见青天"之谣；创"自新所"，一如余姚之法，居民安堵，几于夜不闭户。涿州任上，"日则应付十五省驿务，夜则审理词讼，倥偬之中，自觉游刃有余"。顺天府北路同知任上，委办平谷城工、承办木兰大差，"城上巡视，一砖一石无不过目"，"不避风沙，驰驱尘泥中"，忠勤王事，不敢稍有懈怠。李调元谓其父"精律例，刑名不请幕宾。处繁剧，一切文案，皆手自批发，不假胥吏"。谈到为官之道，李化楠说："做官有六字诀，眼到、心到、身到，得此诀则阍人无权。而一应舞弊事庶可稍清。"

李化楠为政，第二为廉。"处家喜简约，衣帽但取温暖，登仕后始脱布袍，然终其身未尝穿一华服。自供不过腐菜，常曰：'咬断草根，百事可做。'""两次监密云、怀安城工，及居庸关、碑亭，皆自携饼饵，凡地方供给皆不受，即家人亦不敢受一钱，是以上台器重信服。"李化楠简约修身、清廉为官，得益于李氏清廉家风的传承。李化楠到浙江任职时，其父李文彩谆谆告诫："吾家世本布衣，今朝逢圣主，得叨一命，幸矣！惟做好官，可以报答国恩。要做好官，必以清为主。我虽老，粗衣淡饭，尚自不缺，无需禄养。尔其勤劳王事，毋玷清白，以辱祖宗。""勤劳王事，毋玷清白"，是李文彩对为官之道的朴素认识，也深刻地影响着李化楠、李调元父子，李鼎元、李骥元兄弟的宦途。

宦途以外，李化楠重族谊、爱宾客、好周急、德舆论、爱百姓，居乡与为宦，口碑极好。李化楠还喜藏书、喜书画、精算法、好骑射、喜种花木、擅治园冶，兴趣广泛，成就突出。他第二次归乡期间，"为邑侯杨公冕所聘，建东门石桥，造奎星阁，创双江书院。盖杨公以府君精能信实，赖以济事，而府君亦欲倡起人文，不辞繁琐"，所筑奎星阁至今仍存，为四川省重点文物保护单位，是历史文化名城罗江的主要文化地标之一。他的烹饪著作《醒园录》，是四川饮食发展史上的重要古典文献。其《李石亭文集》，是一本重要的家族管理与县域治理方面的珍贵资料。

这里，我们重点谈谈李化楠的诗歌。

李化楠的诗集名《万善堂集》，集名源于厅堂匾额。李调元在《行述》中说："府君为人状貌雄伟，气度豁达，而一种磊落英爽之概，恒使人对之而生敬。平生乐谈阴骘，奉行功过惟谨，期于累万，故匾其厅曰'万善堂'。"依据《万善堂集》前刘天成序所作时间（乾隆二十七年，即1762年）及最后第十卷《丁亥除夕》一诗的所作时间（1767年）来看，诗集应该是在李化楠生前由李调元刻成。

《万善堂集》共10卷，收诗512首，另附词8首。卷前有刘天成序，此序作于壬午，即乾隆二十七年（1762年）。刘天成（1733—1797），字乙斋，大足人，乾隆十九年（1754年）进士，授翰林院检讨，旋升福建道监察御史，与李调元友善。序中回顾了他与李化楠、李调元父子的交往，欣然点定李化楠诗集的经过，以及李化楠诗歌的主要内容、艺术风格。序后附"石亭先生揪须像"、李化楠自书隶书手迹"胡为不冠，天覆吾；胡为不履，地载吾。上报朝廷以勤奋，下教儿曹以诗书。噫！吾之事毕矣！但将冥心观化而游于泰古之初"。这段话，对于我们了解李化楠的立品治行是有帮助的。

每卷卷首，有"罗江李化楠让斋著，男调元雨村编纂；受业杭州陆燝（补梅）、嘉兴李祖惠（虹舟）、绍兴黄璋（稚圭）仝校"字样。每卷不编年，大体依诗人创作的先后顺序排列，古体今体同列一卷，反映了李化楠诗歌创作的整体风貌。

作为罗江历史上传承下来的第一本诗集，《万善堂集》具有引领文化风尚、记录时代风貌的重要作用，对于我们认识乾隆中叶的清代社会提供了一个窗口，特别是对罗江一地具有补史之阙、纠史之偏、证史之讹的作用。

从研究罗江地域文化的角度来说，《万善堂集》在内容上的主要特色有以下几条。

一、抒写罗江及周边风景名胜

李化楠为官时间不长，仅十二年，在家乡居住的时间较长。他有机会游历川西坝，交游名士，指点山川。游踪所至，罗江区内的鹡鸰寺、靖侯祠、观音寺（龙神堂）、醒园等，区外的秦宓墓、太白故居、窦团山、石经寺、皂角铺、八阵图遗址、伏虎寺、千佛崖等，都化作他的真挚诗行，为这些保留至今的名胜（为官江浙与京畿时游历的更多）增添了文化内涵。

二、感悟川西田园耕读生活

李化楠出生于耕读之家，青少年时期且耕且读，熟悉乡村农事。他的《分秧二首》《喜晴》《观田中获稻歌》《田家杂兴四首》等作品，不仅描写具体的劳动场景，也描写优美的田园风光以及对丰衣足食的美好愿望。这与他的民本情怀是紧密相连的。

三、记录故乡文化建设与人物

两次丁忧期间，李化楠不仅与时任罗江县令杨周冕结下了深厚的友谊，还主持了罗江多个重要建筑建设，包括奎星阁、双江书院，为历史名城罗江留下了宝贵文化遗产。嘉庆版《罗江县志》收录了9篇李化楠文稿，内容涉及双江书院、明伦堂、观音寺、文昌宫、梓潼宫等。行之于诗，有《赠罗江杨明府四首》《和杨明府重阳日迎送在途，马上寄怀》《赠杨明府（周冕）》《罗江东门大桥歌》等。

四、歌吟生活情趣和治政得失

李化楠具有多方面的才能。从他的诗中，我们可以洞察一个封建士大夫的内心世界，增加对清代社会风俗民情的认识。他喜欢园艺，曾作不少咏物诗，他的《凤仙花》《白鸡冠花》《容安亭赏牡丹》《向日葵》《枇杷歌》《戏与吉祥寺僧索梅花》等诗，与"醒园"系列组诗一起，可以增进我们对李化楠造园思想的认识。其《余姚署中偶作》《恤囚吟四首（有序）》则鲜明地体现了李化楠"为政安民、清廉自守"的循吏风范。

李化楠的诗沉郁顿挫，理趣与意象兼顾，达到了较高的艺术境界。刘天成在《李石亭先生诗集》序中对此给予高度评价："其抒性，则孝子忠臣流连欲绝，鸢飞鱼跃，宛转关生；言情，则思妇劳人宛然纸上，春思秋兴尽入毫端；写景，则竹坞花潭山鸣谷应，烟汀月榭雨骤风驰。至于怀人吊古，则九原如作，异地同堂；陟险探奇，则千仞振衣，万流濯足。他如歌行杂兴，戏笔问吟；又有光怪陆离，行云流水，莫测其往，莫究其来之妙。盖是集也，或得之簿书期会，或发于马迹车尘，或动于寻梅踏雪，或感于鸟鸣虫吟。总之，笔之所之，情不自禁。"

李调元于乾隆四十六年（1781年）辑刊《蜀雅》，收明末至清乾隆百余年间蜀人之诗，其中第十八卷单收李化楠诗31首。这时，李化楠已经离世13年了。卷前有李化楠学生、李调元好友、绵竹进士唐乐宇写的一篇评传，其中说"先生诗出入韩苏，瓣香独绍东坡，追摹三十余年。凡酒酣耳热，必为人谈苏，长篇断句，暗诵不遗"，说明韩苏对李化楠的巨大影响。

李化楠诗选

游鹤鸰寺

信是祇（zhī）园此日登，无边胜览入崚嶒（léng céng）。
鹤巢常在千年树，猿去多悬百岁藤。
金顶云高峰漠漠，碧潭雨霁浪层层。
禅堂闻寂无人到，煮石餐霞一老僧。

久客左绵感怀

绵城偶过动逾旬，到处敲门访故人。
农事正忙知岁熟，客身不定为家贫。
萧萧落叶村烟暝，寂寂残花驿雨频。
自是亲朋敦古道，相逢投辖叙前因。

送友人归渭南

江上扁舟一叶轻，临行无计挽行旌。
故人只在阳关内，把酒殷勤唱渭城。

久　雨

暑雨朝朝落，凭空断续来。
遥山全积翠，近砌半生苔。

倦鸟穿云去，新花带泪开。
何缘探物色，聊把浊酒杯。

喜　晴

日上阑干雨乍晴，天空便不碍云程。
先生袖手浑无事，坐纳凉风阵阵轻。

谒庞靖侯祠

夹道阴森汉代松，靖侯祠墓白云封。
功开西蜀人谁识，名冠南州士所宗。
不改苍山长郁郁，依然绿树自重重。
漫言落凤难消恨，明月相欢有卧龙。（自注：祠内并
祀诸葛武侯。）

中秋无月次答赵金山

为爱幽居近筑台，那知阻雨负衔杯。
愿君好护东篱菊，九九佳期赴约来。

和徐自申见过元韵

几时未驾剡溪舟，一旦逢君话不休。
白发多从贫后短，青山喜豁眼前愁。
醉人公瑾情逾渥，留客陈遵意自优。
茶罢自惭无祗待，同来江畔树沙鸥。

病

兀坐自垂首，凄清斗室中。
怯窥窗外月，愁听耳边虫。

落叶有时雨，长江无限风。
何能拨云雾，清啸九天空。

重　九

欣逢重九日，篱下惜樽空。
秋尽雨声内，人来竹影中。
黄花如笑客，白发忽成翁。
千载龙山会，狂歌兴颇同。

观音寺

绕坞深深古木稠，离尘三径独称幽。
云开窗外群山出，雨歇门前一水流。
取静闹中常有悟，偷闲忙里复何求。
天然道妙供佳赏，为问他人识得否？

游石经寺

自锦官城踏翠回，山斋小荫暂徘徊。
苍生怪我卧不起，白眼向人怀未开。
穿洞浑疑无路转，沿江叠见有花开。
迩来一洗愁无奈，放眼烟霞亦快哉。

新　秋

风声才上树梢头，酷暑炎炎未竟收。
唯有丛林秋不到，小花争放满园稠。

秋 霁

连旬秋雨闲又闲，堆案文书待笔删。
帘外漏来红日上，一窗推出万重山。

凤仙花

未栽君子树，先植女儿花。
篱落朝侵露，苔痕晚衬霞。
清姿含雨艳，倒影倚风斜。
染指能相媚，调弦莫太夸。

与意恺上人

山堂静对碧天长，孤鹤闲云镇日望。
悟后可能梅子熟，觉来定有木樨香。
水流曲径禅心活，月照虚窗世虑忘。
我亦空门无上士，欲将心印问支郎。

初夏病起闲步

闲闻稚子诵书声，偶像庭除自在行。
新建草亭山渐出，旧穿荷沿水初平。
墙头紫葚垂堪折，林角青桃熟未成。
羡煞东邻欢饮甚，应怜抱病一儒生。

入渠野溜听无声，断柳横溪亦可行。
逢叟多谈神半减，招医少至疾全平。
提壶劝醉花如洗，布谷催耕穗欲成。
乐事已随消瘦去，愿将闲暇过平生。

醒　园

岁晚人闲后，幽斋尽日吟。
扫叶随风势，浇花趁日阴。
地远云自住，山近月来侵。
种树书长把，无人知此心。

龙神堂登楼远眺

升高寻远兴，倚槛挹（yì）清风。
地敞山光入，天开树色通。
鹭飞田漠漠，牛牧草芃芃（péng péng）。
无限登楼意，凝眸一望中。

赋得行不由径

（自注：效尤西堂体。）

岂缘骨傲不随人，落落孤标自出尘。
空谷有声谁唱和，公庭无事爱闲身。
心中各自分邪正，方外何须问主宾。
他日武城留一笑，原来得士作良民。

新　秋

风声号刮树梢头，酷暑炎云尚未收。
唯有梧桐偏早觉，先飞一叶报新秋。

秋海棠

海棠已向早春开，何事芳名秋又来。
应是月娥贪着粉，故随丹桂下瑶台。

秋雨初晴

连旬秋雨学偷闲，且把文章细细删。
日暮书声刚欲歇，卷帘推出万重山。

春　雨

甘霖何处发，遍地润如酥。
借问村童子，谁家有酒沽。

中秋无月

早拟今宵赏月明，引杯邀月共相倾。
谁知好景天收去，空向婵娥祝晚晴。

夜坐偶成示调儿

一灯勤教子，诵读莫辞辛。
书是传家宝，儒为席上珍。
志高搴碧汉，落笔动星辰。
受得苦中苦，方为人上人。

向日葵

亭亭独立傲秋风，倾叶扶根倚碧空。
多少繁花皆避日，由来草木亦知忠。

蚊

惯将利嘴咙人肤，夜则纷飞日又无。
纸帐四垂眠自稳，尽他宵小共喧呼。

鼠

群小潜踪栖屋瓦，宵行跳怒自相打。
我自高眠君自争，争待天明自归也。

新秋试笔

梧桐叶落普天秋，雨送风来几案头。
只道暑天长作酷，不知也有恶风收。

久雨二首

其一

长天罩晓山，凉夜隐明月。
云影望还多，雨声犹未歇。

其二

暑雨朝朝落，凭空断续来。
郊原浮积翠，阶下软生苔。

醒　园

半亩园中气味长，独开醒眼识羲皇。
乾坤百事犹天定，善恶千秋自主张。
夏日最宜栽竹好，春来总为看花忙。
黄庭读罢浑无事，坐倚晴窗纳晓凉。

示门生周思烈

场中战艺意如何，题理题神细揣摩。
妙诀由来无过熟，陈言不去总嫌多。

清如初日花间露，动似轻风水上波。
尽我操刀今日事，荣枯得失只凭他。

余姚署中偶作

为民父母本无难，无扰方能境内安。
德化鸣枭皆赤子，政除猛虎即清官。
城楼每为听潮上，村寺多因验地看。
了却簿书无一事，讼庭袖手独凭栏。

恤囚吟四首（有序）

　　囚应死于法，不应死于吏。吏非必有死囚之心，而约束不严，体察未周，以致饥寒无可告诉，病疾莫与医疗，因之化作青磷者众矣！姚邑监狱，经数十年来，未加修葺。墙宇倾颓，屋舍低小，众犯共居一处，湿气重蒸，疾疫间作。囚之孱者，往往莫救。呜呼！囚不以罪死，是谁使之然哉？爰请上官发帑鸠工，改其旧而新是图，匝月告竣。识数言自警，亦以告后之典狱者。

其一

一入圜扉绝可怜，求生何计死徒然。
谅难三宥全开网，空有千愁孰解悬。
吏卒无情呼黑狱，妻孥有泪滴黄泉。
伤心久罢团圆梦，况是饥寒疾病连。

其二

蓬头垢面死为邻，风雨凄其十二辰。
棘树阴森连鬼国，残灯明灭伴愁人。
存亡就里机关巧，倚伏从中仔细论。
莫教伯仁由我死，霜台即此是阳春。

其三

治狱非难断狱难，罪人生死寄毫端。
死如有恨冤何已，生果能求寝亦安。
望断家山音信杳，威尊狱吏骨毛寒。
绪长绪短均成泪，忍作从旁冷眼观。

其四

切骨严刑痛莫支，况逢暑湿并蒸时。
言多不尽凭谁说，病到垂危只自知。
狱系十年灰已死，冤成一字案终疑。
叮咛此际须详慎，头上青天那可欺。

漫　成

杜陵野老是吾师，老大还伤学步迟。
阮籍何曾谙读礼，王哀终不废吟诗。
虚怀抚竹风前韵，放眼看山雨后奇。
点缀春光频得句，休教传与外人知。

春怀四首

其一

春色无边上小楼，霏霏微雨洒平畴。
堂前亦有营巢燕，江上还多送客舟。
剑北高云长怅望，湖西明月苦勾留。
夜来一枕还家梦，涕泪伤心可自由？

其二

正是寻花问柳时，临高何事独凄其。

晚风吹断三更梦，夜雨听残一局棋。
万里解官心似绪，北堂有母鬓如丝。
茫茫天外音书绝，百转愁肠若个知？

其三

颠风阵阵响窗棂，触迕愁人酒半醒。
漂泊浮萍须自白，吹残柳絮眼谁青。
天边日暖归鸿雁，原上春深望鹡鸰。
回首西南愁蜀道，几时窀穸（zhūn xī）妥先灵。

其四

门外黄鹂空好音，池边绿树自成阴。
游鱼只愿归沧海，宿鸟由来恋故林。
作客还乡春有伴，逢人劫囊（tuó）夜无金。
十年旧事空回首，皎皎难欺独此心。

春 雁

春去春来百感生，遥天旅雁动离情。
桃花潭上留清影，芦荻洲边听远声。
万里重来枫叶落，一时归去塞云平。
何人传与相思字，北向乘风正暮征。

久 雨

羁愁叵耐连宵雨，局缩难言斗室宽。
水过旧痕添几尺，园生新竹又千竿。
孤灯点点人何处，远栈重重客到难。
回首七盘山下路，凭谁传语报平安。

遣怀三首

其一

晴槐荫绿午风凉，蚕事将登麦欲黄。
岁月蹉跎人易老，白云深处望家乡。

其二

家乡远隔在天涯，剑阁峥嵘石磴斜。
岂是江南风景好，到今游子不还家。

其三

还家有梦隔云山，万叠愁思不可删。
好鸟似知人意倦，枝头故作语关关。

徐家桥

西风昨夜怯衣凉，马首徘徊客梦长。
一觉北窗甘侵后，闲寻村叟话农桑。

宵行蒙城道上（用大儿调元韵）

思归宜速驾，畏热且宵征。
野渡云俱黑，荒村火烛明。
垂头防马逸，饥腹作雷鸣。
客倦长亭路，题诗不著名。

亳州道上遇雨

迢递征车夜气清，亳州城外雨如倾。
行人莫怨衣衫湿，多少人家笑语声。

陕州道中

群峰环绕一溪流，客路崎岖入陕州。
岭度千盘防马滑，天留一线看云浮。
二陵风雨村烟晚，三晋鹤山塞草秋。
回首家园何日到，尘沙扑面使人愁。

七盘关

游客思家万里还，艰难初上七盘山。
鸟啼绝谷深难见，猿上悬梯近可攀。
西指蚕丛开蜀道，北通云栈锁秦关。
幸逢老叟闻乡语，强破愁怀一笑颜。

广元舟中

我官于南阆七年，不惯乘马惯乘船。
卧引江风飞一叶，醉和吴歌叩两舷。
自从舍舟广陵道，疲马驮来身耸肩。
诗思苦被红尘扰，病骨难支红日煎。
秦栈山高尤可畏，立马天半低云烟。
险中却相旧游处，如泛仙槎（chá）寻无缘。
岂知还复有今日，中流坐啸忆清涟。
但恨山奇水过急，轻舟有似离前弦。
九十九峰弹指过，庐山面目观未全。
我今去家已不远，况逢佳处差安便。
明朝日出催行路，策马仍上山之巅。

皂角铺

游子归来住皂角，隔山望见旧茅屋。
儿归只少半日程，母心犹自千里逐。
卧听寒雨洒空山，似闻白发悲秋菊。
孤馆一夜不成眠，欹枕（qī zhěn）无人灯烬落。

分秧二首

其一

秧分一垄又千畦，赢得今年水满堤。
泽畔行来看不足，绿杨阴里杜鹃啼。

其二

四月农人有底忙，蚕麦初熟又分秧。
休官彭泽真无事，睡起呼童索酒尝。

送大儿调元赴举

相携曾上钩鳌台（自注：嘉兴烟雨楼下有钩鳌矶。），
襁抱当时得好开。
只道鸾笺（luán jiān）由蜀产，岂知花样自南来。
登坛旧有穿杨技，叉手新夸作赋才。
多少白袍门外立，看儿夺取锦标回。（自注：时乡闱
初试五言八韵诗。）

秋雨二首

其一

经秋犹苦热，一雨倏生凉。
日暮云俱黑，风清稻欲黄。

寒宜因酒暖，闲合为诗忙。

不尽挥毫意，江天接混茫。

其二

炎威不可久，寒雨乍来侵。

水涨清池阔，云垂绿树阴。

流萤低夜火，砧杵（zhēn chǔ）暗轻音。

迟暮惊秋节，幽怀付短吟。

过冯家林旧日读书处追悼赵志远师有感三首

其一

王谢堂前燕不归，满林风雨卷春晖。

当年问字人何处？肠断秋山木叶飞。

其二

风流儒雅是吾师，立雪难忘问字时。

杵臼程婴都不见，谁怜赵氏有孤儿。

其三

山色凄迷渡野桥，水花风叶暮萧萧。

悲秋宋玉天难问，魂哭灵均死欲招。

喜　晴

秋霖十日水冒田，禾将烂死天亦怜，故遣蛟龙且暂眠。

肩挑车载忙收贮，于田者男馌（yè）者女。

途遇老翁向我语：一年之计望天公，谷贵妨食贱妨农，今年贵贱得其中。

七月二十七日自南村起行至德阳县途中作

多病惮远征，出门欲何适。
世事暗相催，人生会有役。
月黑晓光迟，雨过气寒栗。
荒径细欲无，疏林翠频滴。
无人指行路，但觅牛羊迹。
稍行渐平旷，茅屋倚山壁。
高田种豆苗，低田薿（yì）黍稷。
乍见贫者富，万颗堆玉粒。
束藁（gǎo）散不收，一一如人立。
潭水清可饮，绵江浅可涉。
鹿头山亭亭，可望不可即。
过此尽平川，乾坤忽开辟。
青天浩漫漫，远树纷历历。
晦明极变态，烟云为漱涤。
兹游良不虚，耳目一快惬。
日暮到城下，作诗吊秦宓。

过秦公宓墓

一抔（póu）黄土田边路，细草荒烟常拥护。
只因解道天有头，至今人指秦公墓。

观田中获稻歌

云收雨霁空山晓，风溥（pǔ）白露下百草。
不虑先秋米价昂，且喜今年禾熟早。
千畦九陌望如云，腰镰手锲自纷纭。
盈眸色好家家乐，打桶声高处处闻。

（自注：蜀人以桶打稻，其式如斛而大。）
挑回晒日平场里，又恐骤雨随风起。
三时用尽人牛力，一饱聊得妻孥喜。
市肉沽酒为尝新，焚香罗拜答芒神。
优哉游哉可卒岁，始言田家乐事真。
我今把笔未扶犁，禾生不辨亩东西。
何当饱食酣歌舞，粒粒应念农功苦。

送调儿会试作

忆昔我年二十九，蟾宫初试折桂手。
乘风一举未高飞，惭愧銮坡非我有。
汝今年小志方强，健翮（hé）摩空锐莫当。
诗笔离骚我家法，风流好续青莲乡。
我今老矣浑无用，有似病牛鞭不动。
怒见鹏程一翅飞，中宵起舞应破瓮。
茅店星霜遥念汝，云天万里从此去。
征车休作等闲过，一访旧时题诗处。

和柴豹文偕谭鼎二儿守岁（用杜韵）

箫鼓动邻家，高堂烛吐花。
打灰聊祝鬼，翻墨喜涂鸦。
漏急天将曙，风吹月欲斜。
痴呆吾不卖，留此足生涯。

春　雨

初春得雨宜，小水细通池。
沾物微微润，飞空故故迟。
生风吹死草，暖气动寒枝。

23

正是犁云日，丰亨可预期。

宿武连驿

（自注：属剑州。夹道柏，明牧李公璧所栽也。）

两山雄峙一溪流，夹送行人入剑州。
柏有千株名宦迹，李无二姓史官留。
长途客倦村烟晚，深店凉生驿树秋。
闻道连云八百里，炎威至此一齐收。

五月五日剑关阻雨

剑门关下一夜雨，飞泉倒卷长松舞。
溪涨涂泥不可行，恰当此处逢端午。
男儿堕地走年年，回首庭前榴树边。
题诗纵酒酣歌笑，看花躏（jí）柳共留连。
而今寂寞山中路，山树凄迷半烟雾。
小市菖蒲无可寻，斗草儿童入山去。

寄　内

越蜀逾秦里数千，长途况复雨连绵。
逐人来去山头石，伴客晨昏水上烟。
拨闷有时倾绿蚁，解囊何虑乏青钱。
关心最是萱堂老，甘旨无违仗汝贤。

田家杂兴四首

其一

麦熟苦雨多，堆积在平场。
幸逢天气晴，人牛相并忙。
碌碡（liù zhóu）千百转，磨砻去针芒。

权却场头草，掀簸趁风扬。
内包白雪团，外浮红玉光。
四时受气足，一辗喜初尝。
欢笑对妻子，兹日尔其康。

其二

春禾既得收，秋田亦须耨（nòu）。
青青北阪穈（mén），浅浅南山豆。
嘉种虽已植，恶草亦随茂。
君子与小人，强弱互竞斗。
要令恶者除，嘉者乃独秀。
我闻朱虚侯，立苗欲疏透。
非种必当锄，兹理可细究。

其三

有田斯为农，无田则为佣。
清晨披衣起，百十立市中。
人家要皆去，早晚值不同。
锄禾百草死，刈麦疾如风。
亭午馈食来，杂坐无西东。
两手快一啖，顷刻盘盏空。
日暮各散归，来朝还相逢。
力作计虽微，亦有八口供。
盖藏如山积，尽属主人公。
算日沾升合，聊以救饥穷。

其四

岁入既饶裕，子弟亦勤耕。
老翁幸健强，倚杖笑盈盈。
念我诸亲友，春来各有营。

农事日夜忙，不得相合并。
焉能久不顾，庶往致其情。
蹇（jiǎn）驴当风嘶，鸟雀树间鸣。
主人惊客至，嬉笑出相迎。
入门无他语，先问麦收成。
语罢出酒浆，盘馔（zhuàn）罗纵横。
儿童竞挽须，杯尽辄复倾。
出门已酩酊，归路踏月明。

中　秋

纤云四卷碧天空，涌出冰轮万里同。
小院无人知望月，清光也自透帘栊。

独　夜

山居作客夜如年，风雨萧萧（通"潇潇"）听不眠。
应有未消清净业，偶来僧舍学参禅。

老　僧

入眼青山懒去登，情怀痴钝若韩蝇。
安居饱食真无事，扫地烧香愧老僧。

晚　眺

扫空遥见白云飞，水色风光入翠微。
野外群童驱犊返，山头一老负薪归。

四其

不　寐

啾啾四壁听虫鸣，欹枕无人梦自惊。
风净寒林秋雨过，一弯残月对床明。

遣　兴

作吏心劳只爱闲，但逢诗酒一开颜。
近来识得闲中味，云自横空鸟自还。

驱睡魔

睡魔尔何来？依我不肯去。
气味甜似蜜，乘间巧相赴。
垂头合眼时，昏昏向何处。
志士例习劳，分阴肯虚度。
况乃功名会，骧首趋皇路。
岂因暂时闲，甘为尔所误。
尔外若我亲，其中实我妒。
男儿不自立，皆缘尔之故。
去去勿复来，耿耿长自寤。

送　客

山县寒多雪未消，与君并马蹋长桥。
东风若也知人意，早遣春光上柳条。

城　上

城上迢迢望，亭边缓缓归。
水清鱼自见，花落鸟争飞。

官柳风前乱，园蔬雨后肥。
春光如有待，相赏不相违。

送　春

日月不相贷，春光过眼销。
凉风初弄麦，繁蕊欲辞条。
老病人依旧，乡关信转遥。
典裘沽美酒，乐事在今朝。

夜　行

荒郊黑夜踏平沙，野色迷离步步遮。
转入山坳闻犬吠，隔林深处有人家。

绝　句

糁（sǎn）径杨花飘似雪，绕村春水碧于油。
贫家乍喜今来富，满地榆钱散不收。

我所思兮三章，章八句

其一

我所思兮北堂亲，颜衰齿暮发如银。
游子天涯不相见，长路漫漫暗沙尘。
迷离塞草凄复碧，梦里不知身似客。
魂魄飞去暗相依，醒来仍自关山隔。

其二

我所思兮连理枝，同心同气友兼师。
自从分手绵州路，十年不见来何迟。
蜀道迢迢几千里，人事蹉跎日月驶。

两弟近来复何如？老兄于今真老矣！

其三

我所思兮祠堂侧，异卉名花经手植。
池塘春水绿生漪，竹外柳丝翠如织。
林泉佳气日氛氲，乔木阴森挂夕曛。
主人到老不归去，负却溪山一片云。

别涿州

天津司马涿州居，临去惟携一束书。（自注：余署州篆，半载余得补官天津。之官未匝月，即闻讣解任，仍居涿州。）

爱国须知民是宝，救荒谁念米如珠。（自注：涿州连年水灾，民食涌贵。奉旨发帑赈济，全活数万人。）

夕阳远远鸦翻树，雪意霏霏客在庐。
游子念亲堪痛处，生前终日倚门间。

梓潼县道中

连山忽散漫，迤逦见平川。
宿雨滋蔬圃，微风漾麦田。
梅残初落雪，柳绽欲浮烟。
鸡犬林中放，牛羊岭上还。
鸟依花屿立，人傍酒垆眠。
故国行将到，归家信早传。
亲朋常问讯，时事恐迁延。
一见情何极，相看泪已涟。
那能亲色笑，长此感否卷（fǒu juàn）。
抱恨三年里，伤心二月前。
荣名将底用，禄养亦徒然。
寂寂萱庭草，春来不复妍。

赠罗江杨明府四首

其一

海上曾经钓巨鳌，今来小邑试牛刀。

民如春草怀新雨，政似秋风卷碧涛。

林外月明村犬静，山头水转野田高。〔自注：公劝民守望，各乡多设卡房，奸宄（jiān guǐ）潜踪。农田水利，设法疏浚。凡高阜不能开渠作堰者，令作筒车，引水灌田，民胥赖焉。〕

瑶琴一曲留今古，坐对薰风遣兴豪。

其二

春来喜气满农家，退食从容早放衙。

好句探怀书白茧，闲情信手集黄华。（自注：金翰林河东王子端，退隐华山寺，自号黄华老人。世传其七绝四首，诗旨笔法，清娇出尘，飘飘欲仙。公暇日辄摘取其字，集为对联，无不曲中。尝为楠集六对句，楠甚珍之。）

风涛龙护深潭柱，雨霁人看满县花。（自注：公重建东门大桥。于学宫隙地，广植桃、李等树。）

为政风流从古羡，冰壶清朗透窗纱。

其三

微闻赤子夜呻吟，满目蒿然思不禁。

渡虎刘昆思自昔，牧羊卜式似如今。

春回黍谷山光暖，雨洗圜扉草色侵。〔自注：邑有张姓狱，几成冤。公下车不事邢（通"刑"）求，密加访察，得其情当。雪张氏冤，罪坐告者，合境称快。〕

循吏只今谁第一，他年记取说棠阴。

其四

兰谱当年久订盟，京华聚首恰平生。

得君捧檄临乡邑，慰我思家望远情。
莫道世情如茧薄，应知宦况似冰清。
相逢且说欣闻事，四野传来乐岁声。

夏日赵澹园先生过我（同柴豹文门生小酌分韵，得香字）

幽斋无事坐焚香，林下潇（通"萧"）疏日景长。
门外敲诗来贾岛，坐间顾曲有周郎。
村田水足千家喜，小院风清五月凉。
浊酒相逢拼一醉，悠悠万事付黄粱。

赠杨明府（周冕）

雅望主骚坛，老手便剧县。
一载治化成，四野欢声遍。
忆初捧檄时，琴鹤随赵抃。
行抵益州境，襦（rú）裤起谣谚。
士习与民风，蒸蒸一于变。
魑魅自潜行，羞见神君面。
我昔滞精华，旅邸曾一见。
今归感风木，余生邀深眷。
遗我箑（shà）间诗，好语如珠穿。
动摇出凉飙，炎天集微霰（xiàn）。
无复热肠牵，勇藉仁风扇。
感此欲奉扬，短才惭袜线。
遥知簿书暇，画堂坐清宴。
何以消溽暑，玉壶冰一片。

和柴豹文立秋后五日喜雨之作，兼呈杨明府

伏日苦炎蒸，兀坐长不语。
有时绕树旋，微风藉扇取。
弥望无片云，敢希三尺雨。
看看秋节过，乃见商羊舞。
物汇欣长养，阴阳斗寒暑。
老龙亦解惭，怀宝时一吐。
灌溉无高低，滋培均良楛（kǔ）。
时和膏泽下，至教风雷鼓。
君看古循良，境内无蝗虎。
而况旱魃（hàn bá）虐，万家罹其苦。
一雨伊谁力，厥功归守土。（自注：时邑侯杨公方祷雨。）

寄语北门贤，无忧贫且窭（jù）。

和杨明府重阳日迎送在途，马上寄怀

来去差如织，遥看舄（xì）自飞。
九重天使过，百里吏人稀。
佳节妨吹帽，新凉欲授衣。
传杯待明日，戏马始来归。

罗江东门大桥歌

君不见，两河口下临江阁，阁水南流绕东郭。
往来冠盖□（自注：□表示不能辨识的字或由于古籍残破而缺去的字，下文同。）如云，岁岁杠梁费商度。
谁遣长虹驾苍涛，济渡不用舟师篙。
白日青龙水中见，华表白鹤飞来高。

年深岂免有缺坏，况是横流舞澎湃。

随溪破板谁能支，乱石叉撑吁可怪。〔自注：癸未之夏，河水大涨，桥将圮（pǐ）。吾邑侯杨公祷于神，顷刻水退，桥石虽断，而下有乱石权柱撑，拉车徒照旧往来，人以为至诚所感云。〕

滇南杨公古循良，临观叹息心彷徨。

群鲸不用铁索贯，捐施那惜犀带长。（自注：用东坡东新桥事。）

是时暑月鸠工作，老蛟勃怒齿牙腭。

开山真似劈铜驼，立柱还如马蹄凿。

椓（zhuó）泥百尺喧百夫，桥成横空霓自如。

天公始放时行雨，万人走贺烹鸡猪。（自注：甲申春动工，至六月桥成，始雨。）

从来正直通神鬼，但凭人力宁有此？

雷封百里庆安澜，天吴阳侯羞欲死。

明公两载治吾罗，为政均平无偏颇。

此桥应作慈航看，普济十方功如何。

太白故居

（自注：在青莲乡，去漫波渡二里许。）

骑鲸人去迹犹留，冷淡烟村吊李侯。

奴视权阉真有骨，诗非老杜竟无俦。

秋风落日漫波渡，夜雨荒原粉竹楼。

太白星精长不死，龙门俎（zǔ）豆肃千秋。（自注：漫波渡上，旧有太白祠，今为龙门书院。）

龙门行

（自注：怀李太白。）

龙门半出青天上，四面云山列屏障。

当年太白此间游，饮酒读书豪而放。

书声琅琅震岩谷，山鸟不鸣风悲壮。
养成浩气不逢时，清平一曲遭谗谤。
钓鳌曾经海上来，捉月甘向鱼腹葬。
浪迹不知轩冕荣，沉醉始觉形神畅。
泉水酺（huì）面事本稀，御手调羹典亦旷。
天子招呼不上船，况复永王肯依傍。
只今遗庙在山巅，文章气节遥相望。
金龟换酒岂无人，不遇谪仙空惆怅。

窦团山两首 (有序)

本名团山。四面峭壁如削，至绝顶，劈而为三。唐窦子明得道处，故名窦团。庙前悬一铁索，惟山僧天聪得渡焉。

其一

危石攲斜一径开，罗浮顶上现三台。
子明端坐绳桥外，世上何人敢过来。

其二

城外仙峰峭矗天，悬岩绝径古今传。
山僧解得飞空法，合在毗卢顶上眠。

山居即事四首 (有序)

买地十亩，筑室三楹。避俗离尘，风景擅平泉之盛；背山临水，烟霞绘辋川之图。手栽竹木渐成林，乐哉斯土；自是园林多逸兴，老矣归田。散步独游，曲折槛栏花烂漫；凭高远眺，迷离村树屋参差。既适志以安身，亦陶情而悦性。年华易逝，那有仙药驻红颜？富贵何时，肯对灵山辞绿蚁。本来两目，醉里乾坤。僻地无

邻，岭上白云常在户；高峰有主，天边明月不须钱。登
东皋以舒怀，橐笔成韵；倚北窗而寄傲，薤簟（xiè diàn）
生凉，谓我何求？只向竹园寻活计，于心已足。不劳蓬
岛问姻缘，爰（yuán）作小诗以质同好。

其一

何处堪宜着此身？园林幽敞绝嚣尘。
锄荒结就三间屋，便与烟霞作主人。

其二

山居非吏亦非仙，喜得名花尽日妍。
酒罢长吟无一事，望江亭下水连天。

其三

牵衣直上七星台，眼底乾坤大放开。
林树苍茫村舍酒，白云深处有人来。

其四

看看两鬓白如丝，角利贪名到几时。
愿得人皆闲似我，常来共对一枰棋。

园中用大石缸养金鱼十余尾。缸面坐小石山，山上栽花木数种，苍翠可爱。戏作小诗，刻于缸石西偏

山一卷，天半落。
水一勺，长不涸。
上承绿树阴，下见红鲤跃。
春色满园林，亭台随地着。
吾心淡无营，吾身欣有托。

何须海外觅三山，此间便是蓬莱阁。

奉酬杨明府金山送别原韵

情同鲍叔许分金，把袂旗亭谊更深。
回首诗筒酒杯外，相思落日暮云岑。
翔空惯识王乔履，侧耳疑闻子贱琴。
珍重赠言牢记省，白头相望两知心。

附：《〈李石亭先生诗集〉序》（刘天成）
《顺天府北路同知李君传》（吴省钦）
《诰封奉政大夫同知顺天府北路事石亭府君行述》（李
调元）

《李石亭先生诗集》序

刘天成

余自束发授书，即闻乡先生中有石亭李先生者，
学问文章，豪情逸兴，大有不可一世之概。甲戌
（1754年），余馆词曹，而先生已服官在越，后先生
以忧回籍。补选来都，而余又致仕还里。辛巳
（1761年）春，余奉诏起官。先生长君蠹堂以礼闱
高撺中翰，其轩轩霞举，亦有不可一世之概，益信
家学渊源之不虚也。

越明年，蠹堂与余交益密。倏一夕风雨中，怀

先生诗钞过寓，嘱余点定。并云："先生催之甚迫，两日即当邮寄付梓。"余不禁跃然起舞，呼童开樽，论诗对酌。虽约略大概，而一斑已窥全豹。时漏声三下，羹堂仍踵风雨而去。余遂逐次披吟，寝食俱废，越宵旦而始毕。

其抒性，则孝子忠臣流连欲绝，鸢飞鱼跃，宛转关生；言情，则思妇劳人宛然纸上，春思秋兴尽入毫端；写景，则竹坞花潭山鸣谷应，烟汀月榭雨骤风驰。至于怀人吊古，则九原如作，异地同堂；陟险探奇，则千仞振衣，万流濯足。他如歌行杂兴，戏笔问吟；又有光怪陆离，行云流水，莫测其往，莫究其来之妙。盖是集也，或得之簿书期会，或发于马迹车尘，或动于寻梅踏雪，或感于鸟鸣虫吟。总之，笔之所之，情不自禁。

故人谓先生之优于学、熟于史、详于天时人事；而不知先生之得于天者，为不可及也。知先生之得于天者，为不可及，则其不可一世之概，又尝求之笔墨以外：区区采藻亦其末也。

时壬午（1762年）季春下浣序于都门之徒好斋
赐进士出身　诰授奉直大夫　掌福建道监察御史　前翰林院检讨　同里乙斋刘天成拜撰

顺天府北路同知李君传

吴省钦

君讳化楠，字廷节，石亭其号也，绵州罗江人。封文林郎文采长子，乾隆七年（1742年）成进士，十七年（1752年）令余姚。姚邑故滨海，赋重民玩（通"顽"），多去而为盗。君以次掩获，构屋二十余间局之，名曰"枉生所"，择民技能者为之师，假官钱资令为业。业成，其师具状保之出，终其身不复犯。值岁祲，君预借轻重待赈，赈务为两浙冠。调秀水，复摄平湖。前令某在湖七年，积讼牍三千有奇。君计日定程，饮食皆坐堂上。早午晚决若干件，纵民观听。民为之歌曰："云雾七年，三月见天。"而令甲州县官本任，不以繁调繁，去之日，湖人倾城扳送，哭声震野。浙抚今直隶总督杨公以治状闻，会丁文林君忧。服除，特旨以同知发直隶补用，假牧沧州。州薮盗，各省案提者如猬。君籍户口状貌小字舞步实，以是随提随得。曹家庄多回种，日杀牛聚会，夜则四散为奸。君忽于夜半挟弓矢率健卒数十人，擒其魁，余论如法，盗为之空。假牧涿州，补天津府同知，以内艰去，服除仍赴直隶候补。假牧霸州、蓟州，补宣化府同知，迁顺天府北路同知，督密云、怀来、平谷诸城工，怀饼饵，以油伞自蔽。巡历风日中，一瓦一石，毋有窳滥。又兼摄密云县事，白某冤，行在虑囚甚亟。君以狱词未定，留不发，几挂吏议。上行围木兰，君迎伏道旁，上笑谓扈驾诸臣曰："是李化楠耶？可谓强项矣！"人谓上有向用意，即大府益以重君。京师奸人觉辩者，词连数省，无佐证。君固请无动，已而他省之周纳者，多得罪。密云令任某以事被劾，君讞得实矣，有龃龉君者，力持之，君愤懑不得申。先是令浙时痰常锢心，至是又患怔忡，祀灶日以事过都门，购参饵自随。越二日入会城，命从者瀹茶，忽解所佩刀自剚。茶至，从者惊相呼，君跃然起曰："我安得血被手耶！"创未深，然亦竟不治，闻者皆诧叹，有泣下者。君读律成诵，凡案牍皆手自评断。尝言居官有六字诀：眼到、身到、心到。又曰："一签一票似甚微，当之者一家哭矣。"精九章法，储谷有不能算者，一布指即知其数。其所治率极冲，时巡秋狝，供顿立办，无浮费，无浮派也。通籍廿年，禄养备至。其衔恤也，会葬者千人，于云龙山立家祠，置田赡族。少时耕且养，据陇上挟书而哦，少惰，文林君投以砾，故君左颔有瘢。罗江人本朝成进士者，盖自君始云。藏书数万卷，皆自浙载归，他生产不复问。所撰族谱八卷，《治略》二卷，《石亭诗》八卷。

　　赞曰：君以壬申校浙闱，得沈君祖惠为解首，士林多称之。要其获上治民，不愧古循吏矣！疾由心作，天若甚之。然君之没，未几而忌君者旋以他事败，狱亦如君所讞。天人之理，固若斯不爽也。抑可以无憾矣！

诰封奉政大夫同知顺天府北路事石亭府君行述

李调元

呜呼，府君其竟逝耶？其竟弃不孝等而长逝耶？忆府君于腊之二十四日因委估盘山庙工过京，谓不孝调元曰："吾近来因署密云大差，又兼诸事丛杂，心力俱竭，夜卧不安。汝其检点药书中治怔忡惊悸者，开一二方，并买同仁堂天王补心丹八两随带。"不孝调元敬遵令抄录购办。府君方欲动身，不孝调元仰谓府君曰："既如此心虚，何不告病调理？"府君曰："这回上省，必请暂解调摄。"继而盥面毕，揽镜自诧曰："颜何太赤耶？"不孝调元旁言："此皆心火之故。虽不宜参，然先服清心药，后宜参调补。"不孝调元以府君行装已驾，即步行至市换参。归则府君已骑马先行，留长随一人在后取参。呜呼，孰知此即永诀之时耶！

府君自服官以来，从未得一日闲暇，亦从未得一日鲜衣美食。顿遭惨变，罹此大凶，一回思之，痛入五内，恨不先驱蝼蚁于地下，复何敢偷生人世。俯仰哀号，顾念府君平生伟行轶事，实能追步前贤，而服官政绩可入循良传者甚伙。粗记梗概，只恐遗漏，不敢失诬。伏望仁人大君子俯赐采择焉。

府君姓李氏，讳化楠（通家生王文治填讳），字廷节，号石亭，世居四川罗江县之南村坝李家湾。先王父英华公生府君三人。次，讳化梗，国学生；又次讳化樟，庠生；长即府君也。先是先王父娶先王母赵氏，七年无子。康熙五十二年癸巳（1713年），往成都石经寺求子归，先王母即有娠，闰六月十四日，先王父卧前厅，梦一道人送一穿靴顶帽相公来，甫入门，即报府君生。生即颖异，喜读书，尤好经义。家贫兼耕，尝携一经就陇畔读之。故未弱冠，即补博士弟子员。时邑侯为上元王坦斋先生（嘉会），见而器重之。延入衙斋，以己子现任四川乐山令讳钺使就教，而己授府君以文艺，自是所学日益进。科岁考，无不超等。所作制艺，才脱稿已传颂人口。二十九岁入选拔，中辛酉（1741年）举人联捷壬戌（1742年）进士，人皆以府君为破天荒，盖罗江前此无登黄榜者。旋考入咸安官教习，不就而归。远近从学者，常百人。执经问难，殆无虚日。辛未（1751年），将北上谒选，不孝调元送于绵之江干。府君谓不孝曰："从来纨绔习气，大半皆望捐纳，不肯读书。汝如不秀才，不必来任所，吾断不汝捐也。"谨拜受命。以是悉心举子业，未几即入泮。是年六月，府君检发浙江委用。遇壬申（1752年）万寿恩科，为同考官，得李君祖惠、顾君朝宗、陆君燡、俞君经、施君礼耕、贺君宗贤、冯君万年七人。而李君祖惠以老名士驰声于大江南北，几五十年。得冠榜首出门下，人皆服府君知人。

主考李鹤峰先生赠府君诗，有句云："吾宗有墨绶，岷峨发精英。乍如得荆璞，价重十二城。遗我共欣赏，古色果峥嵘。"盖深为得人庆也。

次年即补余姚。姚，岩邑也。滨海，自上林至兰风七乡通钱塘江，横亘八九十里。有大塘、新塘、周塘、潮塘之别，岁久不治。雍正初年，独大塘存而坍损过半。叶令瑄文乃劝民筑堤，名榆柳塘。十二年（1734年），张令永熹，又于塘外劝筑利济土塘，以此层次保卫。顾旋筑旋坍，海潮仍为民患。乾隆十二年（1747年），潮忽大至，淹没民田四五万亩。前任王令，请帑一万七千五百余两，各灶修筑，谓之以工代赈。未几，王谢病去。十五年（1750年），府君到任。时值防秋，七月十六日至十八日，飓风挟雨大至，吹瓦拔木，三昼夜不止。府君战栗，乃跪庭中祝曰："海地穷民，甫离灾难。若天不降康，堤溃水溢，民其为鱼，水旱频仍，罪在长吏，愿身受罚，为此方民暂延残喘。"祝毕，随分役查看水势。天微明，庙山巡检俞涟驰报：水几溃堤，赖东南风大作而潮竟不至，人皆以为府君至诚所感云。姚邑赋重民顽，为盗贼出没之薮。府君到姚，点视案牍，贼未及获，而首犯在逃者百余案，乃锐意除盗。立比期，悬赏格，一时小贼多擒，而巨滑（通"猾"）依然脱网。因思缉权不可专委捕快，因密录难获滑（通"猾"）贼四五人名于票，夜唤皂隶李兆、民壮娄恩至署，出票袖中而谕之曰："贼某等现藏某所，尔若依限获，受上赏，否则革役。"二役唯唯退。不三日，积贼景三擒至，内外无知者。又十余日而逸贼张子显、张文绍、陆通儒、邹士元、缪允年、孙善平等，先后就擒。审出屡次行窃及贿嘱势豪州同杨某，串捕庇众，各实情，通详分别军流抵罪，而重赏兆、恩二役，合邑惊以为神。乃将小贼别立一局，名曰"枉生所"，关贼居中，自捐俸钞，给以口粮，使城中坊铺有职业人，如梓匠、饼师之类，使为贼师，并假官钱以为资本，使贼学其技艺。渐能熟习，使其师具呈保出，以是人多感悔为良民，终其生不复作贼。上宪大加称赏，并饬诸县颁行此式。是值荒灾，府君计算户口大小，先使人密访实数，以故奸吏侵蚀，立能指摘。制府按临查灾，府君随。制府乘舆，凡某都某图皆能口说手画，如指上罗纹，一丝不紊，人俱服其敏谙。设立姚江书院，延李君祖惠为院长。使诸生肄业其中，刻有《姚江课士录》。凡先君所刻文，姚人自编为一集，名为《石亭公治姚纪略》，互相歌颂。丙子八月充房考，又得士七人：王君学濂、汪君治、钱君大鲸、王君世维、黄君璋、黄君墉、施君纯熙也。调元是科应本省乡试，下第来浙。九月调繁秀水。二十二年（1757年），恭遇皇上南巡。秀水为全浙门户，上宪以府君精干，使办头站大营盘。府君日夜运筹，竭尽心力，不孝调元等一处安卧，而不见面者，凡三阅月。于城北洼地填起园亭，一望花团锦簇，供备直压两江。大差事竣，即调署平湖县。前县令翟（天翔），七年高卧，一应词案，积至三千有奇。凡已出票者，俱不审理，一任胥役诈骗，民不胜拖累之苦。府君到任，黎明坐堂，三鼓方罢。每日分三刻，立定自课章程：早审若干件，午审若干件，晚审若干件。先期挂牌，坐大堂，三餐皆小碗碟送堂上。大开头门，听民观听。每审一案，暖阁边拥挤千人，莫不拍手称快。或众中有心未服而不敢言，府君必招出委婉，商确更定。且以信服民，挂牌从不改期。以是积案为之一清。先是乍浦多贼，鸡犬无宁。府君复捐俸修大厦数十间，名曰"自新所"，关贼其中教学手艺，一如余姚之法。居民安堵，几于夜不闭户。故当日有"七年如云烟，两月见青天"之谣。奉部驳，仍回秀水。去之日，焚香送者数万，哭声震野，如失父母，不仅脱靴、立碑、衣伞之踵至也。旋蒙两浙中丞现任直隶总督杨制军（廷璋）以府君为天下循良第一，保举堪任知府。其入奏，有承办一切差务，俱尽心竭力，不辞劳瘁，洵属通省中有为有守之员等语。未经引见，丁先王父忧，府君哀毁骨立，水浆不入口者，旬余。然新任未到，坐草荐决事，笔不停，批报伤惨而应繁剧，几成痨瘵。戊寅（1758年）春回里，营措丧事，巨细经心。尽一年，葬先王父于祖坟之云龙山。是科己卯（1759年），不孝调元赴本省乡试，府君送入成都。头场毕，以草稿呈府君。府君喜见须眉，谓亲友曰："吾子魁矣！"榜发，不孝调元果中第五名。十二月不孝调元北上，府君送至皂角铺，示以长句，有"昔我登龙二十九，惭愧峚坡非我有。汝今年小志方强，健翮摩空未可当"之句。盖自伤壬戌馆选不预，而以勖不孝调元也。庚辰（1760年），不孝下第。府君服阕来京，同寓邸店。七月府君补行引见，保举堪任知府。奉旨发往直隶以同知用。时携不孝调元移寓于大马神庙之户部郎中梧冈先生查（虞昌）宅。归谓不孝曰："官为大夫，正当图报。"以是月携不孝至保定。八月委署沧州。州为四方积盗之窝，各省指名提犯者，纷如茶叶。府君先按村庄人数造户口清册，内载各村男丁年貌，按册探索，无不弋获。以是远近提人犯者，随提随得，前任直隶制军方公（观承）深嘉之。

辛巳（1761年）恩科，不孝调元以会试荐卷取中副榜，充内阁中书与国子监学正，人称为中正榜。府君与书曰："紫薇舍人与国子先生，最极清贵，将来鼎甲之基也。勉之！"壬午（1762年）十一月署涿州，所谓天下繁难第一州也。王畿总汇，差使络绎。府君日则应付十五省驿务，夜则审理词讼，倥偬之中，自觉游刃有余。时涿方灾旱，奉旨赈济。府君严查胥吏，勿使均沾实惠。复自捐俸煮粥，加赈一月。时不孝调元补国子监学录。府君招至卢沟桥，谓曰："终成进士乃佳耳。"明年癸未（1763年），不孝调元会试第二名。捷音至涿，府君谕曰："既成进士，又喜高魁，然不得翰林不贵也。"阅月，不孝调元殿试二甲十一名，拟鼎复失。府君谕曰："翰林与鼎甲固无间也。"五月御试第五名选入一等，钦点翰林院庶吉士。府君书训不孝曰："馆选可以酬

读书之志矣! 但须刻意诗赋, 方不愧为词臣。汝其
勉之!"九月题补天津府海防同知。甫到任, 即奉差
查南岸河工。途中闻先王母讣, 府君即日奔丧, 伤
惨尤甚。不孝送至涿州十六里萧寺拜别。府君谓曰:
"汝可回矣! 大司寇味经先生 (蕙田), 吾与汝同师
也。尝谓'谦卦六爻皆吉', 此一字, 可以奉之终
身。戒之! 戒之!"

　　归里后, 安厝事毕, 为邑侯杨公冕所聘, 建东
门石桥, 造奎星阁, 创双江书院。盖杨公以府君精
能信实, 赖以济事, 而府君亦欲倡起人文, 不辞繁
琐。故居家三载, 亦席不暇暖云。

　　丙戌 (1766年), 不孝调元散馆, 改受 (通
"授") 文选司主事。府君将来京, 途中闻之, 书谕
不孝曰: "衙门虽改, 官阶转优。况天官为六部之
长, 而铨曹最清要之地。汝需留心部务, 和好同事,
取重上官, 精神自惜, 而才华收敛, 则老父可无忧
矣!"不孝调元谨拜命不敢忘。

　　府君抵保定, 即署霸州, 又署蓟州, 皆甫阅月
即卸事。去之日, 父老携幼泣送者不绝于路。丁亥
(1767年), 题补宣化府同知, 驻新保安。城孤人
稀, 窃贼最伙。府君立查更之法, 以红布制小旗三
十二面, 半为守旗, 半为望旗, 盖取守望相助之意。
夜先以守旗传各巷巡夫领去。四更遣人另以望旗换
回。天明即令巡夫当堂验旗。如非望字号者, 查出
立责。是以地方宁谧, 奸宄潜踪。府君以地僻无事,
携孙朝础前往自课。戊子 (1768年) 四月调顺天府

北路同知。尚未引见，即委办平谷城工。府君往来城上巡视，一砖一石无不过目。

又署密云，承办木兰大差。是时十日晴雨间作，府君日夜亲身督办，不避风沙，驰驱尘泥中，不得寝食者凡两月。又兼以审理剪发案，已得诬陷实情，而详稿未定。行在军机大臣差笔帖式提犯，府君不肯给发，为军机所参。旋蒙本道明公面禀大学士忠勇公，公以府君实属能事，其勒犯不发乃传听之误，奏请宽免。奉旨仍回原任。府君以圣恩高厚，思报万一。乃于回銮之日俯伏道旁，恭接圣驾，请罪谢恩。蒙上垂问曰："你是李化楠否？会办事，已饶了你了。"府君摘帽叩头。上回顾大臣，笑曰："这胖官儿可谓强项矣！"府君躯素壮大，故云。人皆谓府君半世辛勤，得邀天语褒奖，遭逢实为难得，开府当在目前。而不知心力两劳，病亦从此伏矣！

时新制军即前任浙抚杨官保公，为府君一生知己恩宪。又备员属下，道出密云，闻此信亦深嘉之。府君亦自谓有缘，不惜鞠躬报效，而制军亦深信府君忠诚可托。方欲保荐大用，而府君旋即去世矣。呜呼！痛哉！今年四月，不孝谭元奉侍宜人来直，图团圆之乐。乃不孝谭元北闱下第，而在平谷丧七弟，在密云丧八弟，运数乖蹇，无一遂心之事。又兼公务勤劳，刻无宁晷，虽到京一过，不孝调元欲得从容奉馈，不可多得。十二月十九日到京之时，不孝调元先为本部堂官保举，堪胜直隶州知州。私心已作京官久，不谙作吏，且目击府君作吏苦辛，是以迟迟欲辞。请之府君，府君曰："功名有定，朝廷官，岂可择着做耶？"既而引见未用。府君闻之谓不孝曰："可谓天从人愿矣！"遂往盘山而去，然不孝窃窥府君精神恍惚，再四请问，又不答。二十四日过京请安。府君谓不孝曰："我前日病，今清白矣。"是夜宿不孝寓，不能寐，复起饮酒，尽一觥，乃稍稍卧。先是壬申在余姚，亦以劳心过度有痰迷之症，已经痊愈，不发者十七年矣！是时府君早起，坐不孝调元于床沿，谓不孝曰："我病中恒恐恐然，似是怔忡。今虽好，然心内悬空，急需以补药调养。"命不孝抄方随带。不孝以府君语言明白，绝不疑前症之发。呜呼！孰知二十七日，于保府旧病忽发，痰气上迷，竟致不救。相隔才两日，遽成永诀。

　　府君为人状貌雄伟，气度豁达，而一种磊落英爽之概，恒使人对之而生敬。平生乐谈阴骘，奉行功过格惟谨，期于累万，故匾其厅曰"万善堂"。每云："白日莫闲过。每日须抚躬自问，必作有益之事数件，方不负此光阴。"遇事镇静，终日无堕容。故他人每惊疑未定，而府君一言已决，且料事多奇中。然精明中常存浑厚，绝不讨人便宜，曾镌"吃亏"图章以自警。处家喜简约，衣帽但取温暖，登仕后始脱布袍，然终其身未尝穿一华服。自供不过腐菜，常曰："咬断草根，百事可做。"性极孝，先王父母在日，旨甘必亲调，出外必属宜人烹饪如法。所著有《醒园录》，人皆传抄。先王父六十双寿大庆，在浙征诗，汇成部，名曰《鸿案珠围》，遣人竭水陆之珍以献。旋因先王父爱田园之乐，不肯就养，只迎先王母至浙。公退，辄侍坐欢笑，依依如孺慕，友于最笃。一饮食必相共，未尝赧颜。对宜人尤相敬如宾，从未怒声疾色。教子以义方，常谓"父子不责善"，故失礼处辄委曲开导。不肖调元自服官以来，所及手训较先正格言尤精，故裱为一册，藏为家传，以见府君无事不可对人处。重族谊。先是献贼之乱，族谱已失。府君捐资重刻，自高祖讳厚而下定为五世，作宗支派歌四句以相传衍，捐地立祠堂于云龙山之脚，买祭田廿亩，清明扫墓，冬至则演剧于祠堂。血祭毕，合族缀食，每岁为例。爱宾客，至则丰酒款洽竟日，故蓬门外辄车马喧阗。与人交始终如一，驭下严而有恩，随才器使，不苛小过，故莫不出力思报。而其居乡也尤能和睦邻里，有纷难者得一语辄即排解。好周急，乞贷者必量其意之所欲以与之，负者亦不与较。亲友相招者必步行，恐起从扰人也。途遇乡戚，虽年极少，马必下，以是远近翕然同声。两遭大丧，吊着数千人，半有不知名姓者，亦尽哀而去。时邑侯杨公尝以事过南村，见百里内皆白衣冠，叹曰："此李公德所感也。"故每出仕，送三舍者常百人，其德舆论如此。其在官也，总以爱百姓为主，从未妄出一票，曰："一点朱不要紧，受票传者必一路哭矣！"约束吏役甚严。在直办差，所需车，出自闾阎者虽甚泽，概屏不用，但就各吏役家所有，先使人查封再出重价以偿。既不误公，而吏役亦因以获利。故公事叱嗟即办。且惯习劳苦，遇有差委紧急事，虽阔渡深淖，每策马先涉之，限大渠中濒死几数，以是人皆用命。在沧时缉贼不用健捕，令四乡里正就所知之犯禀报即擒，当堂给银牌花红以旌之，鼓乐送出游街，故所在地方少免脱之贼。重谳狱，不好邢（通"刑"）求。先使尽其词，复虚衷以听之，必水落石出而后已。有犯重罪者，求其生而不得，然后定案，往往有身在牢狴而焚香顶谢者，曰："我死故当，难报李公心耳。"以是上台审理参革重案，辄以委府君。既成信谳，复经他员翻供者，府君必面请上宪，另委贤员，卒照旧案归结。如在保易簧之前，所审任某一案，其明证也。所著有《治姚纪略》二卷。精律例，刑名不请幕宾。处繁剧，一切文案，皆手自批发，尝谓人曰："做官有六字诀，眼到、心到、身到，得此诀则阍人无权。而一应舞弊事庶可稍清。"敏于禀启。每倚案起草，数胥誊真，尝苦不及。与友人书，寥寥数语而详明周到，苏黄尺牍不逮也。府君素清廉。两次监密云、怀安城工，及居庸关、碑亭，皆自携饼饵，凡地方供给皆不受，即家人亦不敢受一钱，是以上台器重信服。凡历任府厅、州、县十一处，承办大工十余起。上台每踌躇不得人，辄曰："非老李不可。"先是府君垂髫时，已立志为名宦。与群儿戏，自为假官，旁列书吏皂役，使两儿设为两造，各以讼呈。有狡黠不以理诉者，即变色重扑之。群儿往往受杖而泣。先王父窥之，谓人曰："吾儿他日必为老吏，观断狱可知也。"

迄今追忆，乃知其验。府君工吟咏，春秋佳日，辄以诗酒自娱。凡邻里过从招饮索留句者，辄即席赋之。所著有《石亭诗集》八卷，现任侍御刘乙斋先生讳天成为之序。尤熟于韩苏诗，能暗背全集。有手选各大家诗数卷，拟刊未果。喜书画。官余姚日，召不孝调元、谭元来浙攻书，延名师课读。以川中书少，便购古今书籍数万卷，以舟载至家，造万卷楼以藏之。命不孝调元偕己卯孝廉陈讳沄者，厘定正伪，分经、史、子、集四门，编书目十卷，名《西川李氏藏书簿》。作序以纪之曰："此吾宦囊也。"画则断自宋、元、明而下，如赵、倪、沈、祝辈真迹，尤所酷嗜，鉴别尤精。见绢纸色即能辨其真赝。所著百余轴，一大橱藏之，岁时抚玩而已。精算法。归除、因乘，俱极错综变化之理。居官时丈量仓储，有积年老吏不能算，而府君弹指数声，毫厘不失者。好骑射。在沧州任时，曹家等庄多回贼私宰耕牛，日以聚饮以为乐，夜则四散为奸，列任官俱无可如何。府君访知，忽三更起持弓矢，率领健卒百余人突至其地，悉擒治之。不孝调元曾以蹈险为谏。府君毅然曰："岂有畏盗官耶！"调北路文武兼辖，有额设捕盗兵百余人，日夕操演，躬自校射。设垛百步，每发必中，营讯弁员等无不骇服。平居暇余，常率不孝调元及家丁等，于场圃校射。曰："此亦运甓之意也。"以故所历之地，无不辟有箭道。喜种花木。自浙归来，筑"补过亭"以为优闲之地。以少隘，又于祠堂前购一别业，扁曰"醒园"，丹徒王梦楼先生讳文治所书也。构造回廊花庭数处，有牡丹台、天然床、望江亭诸胜。所艺梅、杏、桃、李、梨、栗、柑、橘、松、柏果，几及万株，外以土垣圈之，使忠实仆柳发看守、浇灌。曰："俟我归老，必成林矣！此吾天年之乐地也。"呜呼！痛哉！孰知十年之计已成，而万里之魂未返。悠悠苍天，此何及哉！身前不留一言，临别未及一见。大小数十口，或孤悬于塞上，或散处于京师，囊无一钱。家在万里，茕茕若此。府君其忍弃不孝等而长逝耶？呜呼！痛哉！府君生于康熙五十二年（1713年）闰六月十四日午时，卒于乾隆三十三年（1769年）十二月三十日卯时，寿五十七岁。原娶宜人罗氏，讳兆鳌公第二女，以不孝调元官内阁中书诰赠宜人，先府君去世。继娶宜人吴氏，讳廷桂公女，诰封宜人。子三：长不孝调元，己卯科举人，癸未科进士，由内阁中书，补国子监学录，钦点翰林院庶吉士，授吏部文选司主事，宜人罗氏出，娶胡氏，庠生讳升公第五女，敕封孺人例封安人；次不孝谭元，国学生，娶熊氏，国学生讳曰复公第四女，宜人吴氏出；次声元，继胞叔讳化梗后，庶母史氏出。女二：长适庠生曹讳锡宝，宜人罗氏出；次适儒业何讳人凤，宜人吴氏出。孙二：长朝础，十五岁，不孝调元出；次朝磬，甫周岁，不孝谭元出。孙女三：长字现任剑州训导何讳人麟长子，次字壬午科举人吕讳林三子，三未字，俱不孝调元出。苦次呜咽，不知所云。

李调元和他的诗

　　李调元是"四进士"的主要代表，寿最高，作诗最多，留存下来的诗作也最多。他不仅作诗，还有诗词的理论著作问世，因此，李调元不仅是乾隆一朝知名的诗人，也是知名的诗歌理论家。

　　李调元的人生大致可以分为三个阶段：

一、问学（1734—1763，出生—29岁）

　　李调元5岁入塾，随先生刘逸飞习《四书》《尔雅》。后住读于醒园及隔江的鹤鸽寺。1752年春，李调元县试第一取为诸生（秀才），入绵州涪江书院就读。1753—1758年，到浙江其父李化楠任所求学，从进士李祖惠学经学，从举人俞醉六、名士陈雪川习举子业，从进士施沧涛、查梧冈、钱香树学诗，从画家陆宙冲学画。江南的求学生涯是李调元最为重要的成长时期，既让他开阔了眼界，受到江浙文化的熏陶，也为他后来取得多方面成就打下了坚实的基础。

二、出仕（1763—1785，29岁—51岁）

　　乾隆二十八年（1763年）二月，李调元参加癸未科会试，取得第二名的好成绩。四月殿试，李调元中二甲十一名。五月，保和殿御试，李调元取为第五名，馆选入翰林为庶吉士。从此，李调元开始了20余年的仕宦生涯。

乾隆三十一年（1766年）四月，庶常馆散馆，李调元授吏部文选司主事；乾隆三十八年（1773年），李调元补授考工司主事仍兼文选司事。乾隆三十九年（1774年）四月，时值天下乡试，京官考差，李调元列第六名，奉旨充任广东乡试副主考。乾隆四十二年（1777年）八月十六日，李调元奉旨提督广东学政。乾隆四十六年（1781年）正月，李调元广东学政任满回京复命，奉旨任直隶通永道道员，兼管河务、海防、屯田，驻通州。后因家丁吕福、衙役喜吉升收取门包失察，被问发伊犁充当苦差，李调元以二万金赎罪。卷入官场攻讦、倾轧的李调元，决心归田，潜心著述。

三、著述（1785—1803，51岁—69岁）

李调元归居罗江后，悠游林泉，寄情山水，以著述为娱，他的很多作品都是这一时期完成的，醒园也成为入川名流、川中士子景仰之地。著名诗人袁枚与李调元虽未曾相见，但神交已久，托人入川送来自己的作品，并作书索李调元《函海》及所著书，寄信云"醒园篇什随园句，兰臭同心更有谁"，成为文坛佳话。

嘉庆五年（1800年）二月，白莲教军攻至江油，绵州、成都震动，李调元避乱成都。三月，白莲教军攻至金山驿（今绵阳市）涪江东岸。四月初六日，李调元万卷楼突遭火焚。一座川西文化名楼，就此化为埃尘。他闻讯后，"一恸几绝"。所作哭书诗，其中有"烧书犹烧我，我存书不存""如今内外空空如，休题贮书首西蜀""不如竟烧我，留我待如何""半生经手写，一旦遂心灰""云绛楼成烬，天红瓦剩坯""读书无种子，一任化飞埃"等句子。

万卷楼被焚后，李调元并未被击垮，他顽强地挺了下来，著《续雨村诗话》四卷，增刻《童山诗集》至四十卷。嘉庆七年（1802年），绵州州治从罗江迁回旧州金山驿，罗江复县。李调元将旧著《梓里旧闻》三十卷中有关罗江县的部分抽出辑成《罗江县志》十卷，增刊《函海》至四十函，另刊《续函海》六函。

嘉庆七年（1802年）九月初八日，《函海》最后一函《罗江县志》开雕。十一月初三日，小万卷楼落成。李调元在实现"与天下共宝之"的夙愿后终于不支。"著述留天壤，功名付太虚。"十二月初五生日，他写下《叹老》绝笔："我愿人到老，求天变成草。但留宿根在，严霜打不倒。"十二月二十一日（1803年1月14日），一代文星李调元陨落在罗纹江畔。

李调元对诗艺诗学的热爱贯穿了一生。据《童山自记》的记载，15岁时，李化楠与诸生游绵州西山观，李调元观扬子云石像后，作了一首诗。李化楠怀疑是其门人周光宇所为，"余（李调元）闻而泣"，李化楠说："纵此子所作，然制义尚不会，徒专为诗，诗可取科第乎？"虽然诗写得不错，但李化楠不同意李调元弃制义而学诗。这从一个侧面反映了诗艺的魅力。在李调元的青少年时代，其诗作不断受到名师激赏，名噪江浙、巴蜀，被誉为"蜀中翘楚"。

出仕以后，李调元于乾隆二十九年（1764年，时任翰林院庶吉士），与邓在珩合刊《太白全集》；乾隆四十三年（1778年，时任广东学政），刊刻《小仓选集》；并在广东学政任上编成《全五代诗》一百卷；乾隆四十六年（1781年，在通永道任上），李调元刊刻二十卷本《蜀雅》。对这些传播诗艺的事业，李调元乐此不疲，为传承和普及诗歌文化做出了重要贡献。

李调元自己的诗歌总集《童山诗集》（四十二卷）编成于嘉庆七年（1802年），收诗至当年十一月止。一个月后，李调元去世。在这之前，他曾经多次刊刻自己的诗集。据专家考证，李调元刊行的第一部个人诗集为《看云楼集》（二十二卷），是书书序署己丑夏四月，即乾隆三十四年（1769年），李调元时年35岁。刊行的第二部诗集为《粤东皇华集》（四卷），所收为乾隆三十九年（1774年）奉命典试广东时所作诗作。在广东学政任上，李调元还刻了《观海集》（十卷）。这三部李调元的阶段性诗集，后来都收入《童山诗集》中。

李调元一生创作的诗歌总量，据著名词学家谢桃坊先生的统计，嘉庆版《函海》所收四十二卷本《童山诗集》，共存诗二千四百四十八首。谢先生认为，"（李调元）赋与词的艺术成就俱高，比较而言其诗歌创作不仅数量大、历时最久，而成就尤高。他表明作者对诗艺有长期执着的追求"。

相对于李化楠、李鼎元、李骥元来说，人们研究李调元的诗歌艺术和诗歌理论用力最多，成果最丰，评价最为多元。《清史列传·李调元传》说他："所为诗文，天才横逸，不假修饰。""朝鲜使臣徐浩修见其诗，以为超脱沿袭之陋，而合于山谷、放翁，极为敬服，因作启求其他著述而去"，其影响及于海外。

李调元的诗歌可以作为"诗史"来读。从内容上来看，李调元生活的广度是同时代的士人罕有可比的。年轻时候，李调元胸襟开阔，"充满振羽奋飞的朝气和恬然自乐的闲情"（罗焕章：《李调元诗注·序》）。出仕以后，宦海沉浮让他彻底否定做官，绝意仕进。居乡期间，李调元如鱼得水，完成了很多文化上的创举，成为一代文宗。他一生足迹，遍布吴越京华、南粤巴蜀；所交之人，上至皇帝，下至耕读渔樵；所咏之物，既有泰岳华岳、峨眉青城，又有鹧鸪花燕、栀子佛桑。对于各地民俗，他是专业的采风者、忠实的记录者；对于当时清廷的重大政治事件，或耳闻（平定金川、平定西域），或目睹（嘉庆初年的白莲教大起义）。这些经历，在李调元的诗中都有反映，时间跨度50余年。我们研究清代的社会，是不能忽视李调元的诗歌的。

"四进士"中，只有李调元留下了诗歌理论专著。他是一个自觉的诗人，将自己对诗艺的理解和诗歌实践、对前代诗人的认识和当世诗人的逸闻掌故都加以系统整理，写出了诗歌理论专著《雨村诗话》。《雨村诗话》其实不是一本书，而是各自独立、互不重复的三套〔《雨村诗话》（两卷本）、《雨村诗话》（十六卷本）、《雨村诗话补遗》（四卷本）〕。两卷本初刻于乾隆四十七年（1782年），主要特点是"话古人"，论述先秦至明代的诗人诗作；十六卷本成于乾隆六十年（1795年），定稿在嘉庆三年（1798年），主要特点是"话今人"，论述清代的诗人诗作。这部分作为乾嘉诗坛的实录，内容丰富，资料翔实，刊行以后，流传颇广，影响甚大，是研究清代诗歌的珍贵史料。四卷本《雨村诗话补遗》是续十六卷本之作，成书于嘉庆六年（1801年），主要反映其晚年的诗学活动情况。《雨村诗话》中，比较知名的理论，是他在卷一提出的作诗"三字诀"："诗有三字诀，曰：响、爽、朗。响者，音节铿锵，无沉闷堆塞之谓也；爽者，正大光明，无嗫嚅不出之谓也；而要归于朗，朗者，冰雪聪明，无瑕瑜互掩之谓也。言诗者不得此诀，吾未见其能为诗也。"李调元认为诗歌应该通体鲜亮，朗朗上口，合于语言的声韵、节奏，气满声长，词义明朗。这个观点，对于我们的诗歌创作是有启发意义的。

李调元诗歌创作，"转益多师是吾师"，曾经向很多前辈学习，也向同时代的诗人学习，从而形成了自己独有的风貌。从另一个角度来说，《雨村诗话》也是李调元的学诗心得和学诗笔记。对于李调元诗歌创作与诗歌理论的研究，学者成果已经有不少，这里不再赘述。

李调元诗选

游 山

游山如读书，一里当一叶。
山行数百里，日与异书接。
坐令书卷气，充腹复浮颊。
吐出游山诗，清若风生胁。
人言我看山，胡不携卷贴？
云烟供染翰，初不借鼓箧（qiè）。
不知读书人，内外同涉猎。
山乃外之书，奇文各领惬（qiè）。
书乃内之山，插架仰重叠。
内外皆有书，何用书自挟。
善读即善游，理不隔眉睫。
譬如多金人，饱载马驼蹑（niè）。
岂在露财宝，岂不妨盗劫。
君莫笑出门，外书趋蹀躞（dié xiè）。
君莫笑闭户，内山恣（zì）渔猎。
君看万卷楼，只作万嵲嶫（jié yè）。

鹿头关谒庞靖侯墓祠内并祀武侯二首

其一

江锁双龙合,关雄五马侯。
益州如肺腑,此地小咽喉。
事急争鸡口,时平失鹿头。
至今松柏冢,风雨不胜愁。

其二

谁言此州小,曾有凤雏来。
首献三条计,洵非百里才。
生无惭骥足,死合遣龙陪。
一自星飞后,千山涧水哀。

汉大司农秦宓故里

官本司农秩,人呼祭酒村。
两朝天有姓,三造地无存。
城郭绵江浸,人家洛涨痕。
永安遗命日,应愧此中魂。

双桂堂杨升庵故宅,即今厅署。双桂殆补植也

留耕家世福双全,岂料人阑酒亦阑。
仕宦从来真傀儡,家山何处望团圆。
青蛉梦断啼鹃易,金雁魂归化鹤难。
果有堂前双桂否?丹心丹桂定俱丹。

绵州越王台故垒

生为磊落人，复游磊落州。
不见越王台，但见清江流。
当年唐帝子，锡土守此邱。
美人卷珠帘，笙歌夜未休。
鸣鸾忽罢舞，江山生暮愁。
唯有江边月，曾照城上楼。（自注：杜少陵诗
"绵州州府何磊落"；陆放翁诗"磊落人为磊落州"。）

由白塔坝渡东津

出郭眄（miǎn）遥岑，过渡得佳境。
长风走溪声，落日横塔影。
入林路愈细，村口光耿耿。
仿佛别有天，鸡犬自间井。
不见打鱼人，但见钓鱼艇。

自东津步至西涧

烟霞何重叠，草树复葱蒨（qiàn）。
出涧听万籁，入谷骇百变。
犬吠隔林闻，鸟啼深竹见。
悬崖暮樵出，细径归僧惯。
道心触幽洞，孤诣超清院。
独往虽暂欢，多累恐寡便。
濯足洗尘心，庶脱流俗牵。

游富乐山

但觉林峦密，不知烟雾重。
缓步入修竹，夹道迎长松。
细鳞漾深涧，矫鹤盘苍穹。
遥指精舍好，遂登最高峰。
当时龙战野，此地等蒿蓬。
富乐独入眼，方知使君雄。
事历千年劫，空余一亩宫。
唯有古源泉，日夕鸣悲风。

由富乐禅林至西山观宿

微风水际来，不觉山色暝。
遥望桧柏林，遂上杉萝径。
禅榻殊清冷，空斋惬云性。
老僧喜芳谈，元理满清听。
松涛何处生，助此清夜兴。

游云龙山六首

其一

雨歇数峰青，斜阳下乔木。
溪西闻暗泉，夜气侵丛竹。
何人啸空林，冷然出幽谷。

其二

上山赋采薇，携锄过别墅。
薄霭遥岗来，苍然下平楚。
时闻人语声，不见人行处。

其三

支节步清溪，峰岚出林表。
空山一叶闻，惊起双栖鸟。
飘然下层巅，前村树烟渺。

其四

松风谷口来，吹客上峰顶。
绀宇出林端，遂达招提境。
疏钟时一声，微见寺灯耿。

其五

溪回树色浓，日冥（通"暝"）涧光暮。
蓊然白云归，遮断前山路。
时有采樵人，长歌隔林去。

其六

苔华石气清，云砌寒虫响。
古道瀑侵衣，云洞坐幽敞。
山深夜不眠，孤目树杪上。

八阵图歌

（自注：弥牟镇作。）

有客骑马来新都，逢人指点说弥牟。
森然魄动下马拜，武侯八阵遗荒墟。
缅古轩皇授神术，布轴抗衡森纪律。
卦义微参数更灵，井字成形制尤密。
蚩尤殄戮著奇功，千载独传诸葛公。
五行操算由天授，六花变换非人工。
是日高垄狐兔啸，四面林桠鹅鹳叫。

车厢折冲鸟翔火，飞翼浮沮龙腾跳。

横天鹤列平成行，匝地鱼丽不可钓。

忆昨三聘翻然悔，茅庐本为苍生起。

身比管乐殆过之，心折关张良有以。

图成犄角谁能攻，纶巾羽扇何从容。

畏蜀当年同畏虎，得狗如今羡得龙。

惜哉出师方尽瘁，内蛮跳跋分其势。

车蒙未得驱中原，锯齿空教吞房地。

事坏谁当挽天回，心伤不独指星坠。

至今怒气郁沙麓，屡遭铲平仍磔（zhé）卓。

战场残废为民田，往往犁边拾古镞。

月黑时闻金鼓声，天阴疑有鬼神哭。

君不见棋盘市、夔州城，今人不少能兵者，黑白枰中总不清。

田家四时杂兴

其一

春至催耕鸣，薄言向田里。

戒妇预为黍，呼儿先载耜（sì）。

荷锄带晨出，晚归泥蒲趾。

田硗（qiāo）借人力，粪壤须肥美。

眷言兴农事，努力自兹始。

其二

绕屋桑柘（zhè）稠，掩荫虚落翠。

新麦已登场，余蚕犹待饲。

青秧及时移，田妇携饷至。

杯盘俱瓦缶，初不择精致。

高树席草茵，垄上各饱醉。

睡倒不自知，安知天与地。

其三

种稻已成穗，黄云倒平原。
村村耞（jiā）板急，人牛一时喧。
腰镰既获稄（zhì），碌碌卧场园。
得谷甫入廪，科吏夜打门。
丁男输租回，优游且晚飧（sūn）。

其四

严冬百草枯，邻里及闲暇。
田家重农隙，翁媪相邀迓。
列坐酒三巡，或起四五谢。
盘荐园中蔬，壶倾家瓮醡（zhà）。
酣呼递相酬，笑语杂悲咤（zhà）。
客散送柴门，月色耿凉夜。

成都杂诗

其一

春到城头花木饶，雨余始觉鸟声嚣。
旅人饭罢浑无事，闲上东门万里桥。

其二

当年遭祭望旄旄（máo），望主贤臣异代遭。
金马坊前空片石，乡人犹自说王褒。

其三

市桥西畔相如宅，涤器当时果有无？
今日琴台生绿草，谁家少妇复当炉。

其四

校书投阁事堪哀，想见侯芭问字来。
我欲墨池寻旧迹，县厅深闭叩难开。

其五

卖卜垂帘杂市阛（huán），君平遗迹已摧残。
千秋一片支机石，今作巫家黑虎坛。

其六

纷纷割据竟何存？天府休言控剑门。
试向筹边楼上望，暮云低处李雄坟。

其七

乌鸦啄肉纸飞灰，城里家家祭扫回。
日暮烟村人不见，薛涛墓上一花开。

环翠轩

偶从环翠轩中坐，无数琅玕（láng gān）尽绕轩。
云气欲来庭院暗，雨声先向竹林喧。
天光不照因枝蔽，地仄频争为叶繁。
我本书生思静默，幽禽何事独多言。

南村晓行

白云高卷碧天飞，晓起风凉雨亦稀。
烟际早闻人叱犊，炊余时听妇呼豨。
花梢炯炯晨曦照，草色瀼瀼（ráng ráng）夜露晞。
独有庭前紫荆树，屡因分析少光辉。

云龙山

云龙葱郁处，冢树拥烟鬟。

江似弓弦直，山随扁担弯。

地因兵燹失，天念祖功还。

试看松楸宅，牛眠不足攀。

清明在成都作

清明郭外柳毵毵，车马如云有堕簪。

莫向碧鸡坊里去，游人多在百花潭。

早发涪江

清江滴空翠，晓晚浑不辨。

月光水面微，树色烟中见。

舟人贵早起，开柁迅如箭。

晨兴未盥沐（guàn mù），先戒束棕荐。（自注：舟子以棕荐为卧具。）

不敢遽（jù）开篷，但闻桨声溅。（自注：川江使船皆用桨。）

奔浪听渐近，倏若已后殿。

起来问水程，已过几州县。

一叶凌沧波，千里穿白练。

万山若奔马，飞腾捷惊电。

年轻事未更，江神莫吾玩。

试毕仍归鹤鸰寺

归山重扫读书床，一路寒山木叶黄。

游浙有师皆老宿，归川无试不高庠。

扫窗已见蛛悬网，翻盎先看鼠自忙。

一秀才回诗已贵，吟签才写被人藏。（自注：向补岁考，例附三等。此回科岁俱附高等。史学台洗马讳贻谋，问知从钱香树受业，谓诸生曰：吾考蜀三年，今始见一秀才，诗、字、文可称三绝也。即日送锦江书院肄业。）

鹈鸰寺夜不多寐，有怀余姚张淳初（羲年）、茂才邵二云（晋涵），平湖沈云椒（初），秀水钱受之（受谷）两中翰

丛林真是一枯丛，不尽寒山戛戛（cè cè）风。

无故忽鸣惊月鹊，有时高叫渡云鸿。

南邦故友空相忆，西蜀人才孰与同。

正在梦中鸡唤醒，起来无处寄诗筒。

偕周尤廷（士拔）游龙神堂二首（并序）

尤廷，德阳县令周明府际虞次君也。明府丰润辛酉孝廉，与先君同年，去岁曾邀余至署，为太夫人书七十寿屏，故遣子来谢。尤廷尚未弱冠，少余一岁，诗文敏捷，非凡器也。留连数日，遍游南村龙神堂诸寺，得诗二首奉赠。

其一

禅林何处足堪投，除却龙神少可游。

花被客蟠根尽出，竹储人看笋长留。

不妨对佛同流醊（zhuì），且喜因僧得酒篘（chōu）。

可惜柏松官取尽，荒山未便挽贤驺（zōu）。

其二

君家丰润我罗江，万里相逢意便降。

敢谓文人今有二，从来国士定无双。
翩翩真是佳公子，濯濯来过浅陋邦。
不是蛮吟无好句，龙文已让鼎先扛。

喜唐尧春（乐宇）至

一夜惊雷雨，朝来见晓晴。
故人今日至，春水昨宵生。
燕试新雏羽，莺啼旧友声。
论文吾不愧，何必定要盟。

重至鹈鸰寺

毕竟山中气味宜，重来不觉叹凄其。
逢人不解虚心竹，入世多惭卫足葵。
载酒谁过杨子宅，窥园已下仲舒帷。
壁间便觅留题句，雨打风飘不记谁。

农父词

负郭几顷田，编茅几间屋。
昨宵时雨至，流水满沟渎。
呼儿迎晨起，且复驾黄犊。
新苗才几日，冒土滋长育。
出门扶竹看，微绿已满目。
力作我不负，伫（zhù）待秋成熟。

牧童词

奕世为农家，颇念牛力苦。
既耕亦且种，原上草方怃（wǔ）。
大牛穿林去，小犊鸣远浦。

牵牛浴前溪，水浅不及肚。
驯扰既可欣，相触亦不怒。
日暮骑牛归，遥村笛无数。

初夏病起

一春病过雨方晴，徐向新篁竹里行。
乳燕出巢飞尚弱，眠蚕食叶软无声。
酒因气促醉常戒，饭为脾虚饱不成。
肘后仙方如可得，欲求思邈学长生。

雨

日色催晴风色悭（qiān），天公酝酿作愁颜。
前村雨树浓于墨，一幅堆云大米山。

送朱子颖（孝纯）之蜀作宰

其一

十年聚首兴何长，分手无端各一方。
尘世知交人寂寂，天涯客路海茫茫。
猿啼万树褒斜月，马踏千峰剑阁霜。
自古诗人例到蜀，好将新句贮行囊。

其二

此行携鹤历蚕丛，走马盘关一线通。
栈树远分残雪外，人家多在夕阳中。
故人他日思今雨，大雅当时想古风。
到蜀若烦开石室，也应化俗似文翁。

题采桑图

春树芸芸三月暮，东畴西陌皆桑树。
春蚕蠕蠕眠正饥，童稚相携采桑去。
大儿登梯剪青叶，老翁仰面兜衣接。
小儿上树捷且便，下有人欹荷担立。
桑底两儿未知事，或坐或立牵衣戏。
日落乌啼人未归，树影横斜乱青翠。
田家蚕事一春忙，赢得枝头绿满筐。
安得此图挂琴堂，无夺民时桑与秧。

题夏氏园亭壁四绝

其一

短墙出枯桐，古井有人汲。
野雀飞上枝，惊落一亭雪。

其二

亦有小阑干，虽矮尚堪坐。
忽见竹数枝，写出字几个。

其三

有客茶炉边，系马柳阴下。
相看欲有言，临去竟无话。

其四

独轮小车子，天寒亦裸裎（luǒ chéng）。
茶罢汗如洗，辂辘（lì lù）复前行。

观箄 (zhào) 鱼歌

秧田水满河水枯，邻人相呼来箄鱼。
手提笊篱 (zhào lí) 赤两足，脱却布裤泗深渠。
先分段落作水埭 (dài)，然后缺处安大罛 (gū)。
沟上沟下尽占据，巨细不漏如罟罛 (gǔ wú)。
小鱼跳藻自翻掷，大鱼怒目空睢盱 (huī xū)。
岂知若辈贪酷意，洗尽不啻 (chì) 屠者屠。
我从柳阴袖手看，徙倚终日还嗟吁。
得多得少亦偶耳，甚美甚苦非忍乎？
淘汰即今似梳枇，蛟龙岂向池中趋？
誓欲乘风破浪去，安能坐困如余且。

偶　笔

八九年前旧史官，只今衰病卧林峦。
日斜岭上搘 (zhī) 高枕，夜静溪边下钓竿。
骥伏犹思千里远，鸟还竟少一枝安。
旁人莫怪鸡栖早，久矣天衢戢 (jí) 羽翰。

绣球已春放矣，而秋后复发。殆墨庄乡闱佳兆乎

春初已见雪成团，又得凌秋一朵看。
不为园中增景色，知从闱里发祥观。
蕊含琐碎星初摘，香缀玲珑露未干。
莫道广寒宫尚远，仙娥早赠玉珊珊。

咏新竹二十韵

嫩竹初生坞，新阴便满庭。
何年承露霭，此日拆雷霆。
出笋非徒馔（zhuàn），行鞭忽走坰（jiōng）。
通天攒箭括，辟地长箳篂（píng xīng）。
不拟淇园见，能留嶰（xiè）谷听。
抽梢逾菜甲，扶干赖园丁。
加雍勤锄畚，频浇倒罃（yīng）瓶。
啸时观自足，醉日种方醒。
正欲烧羊角，旋看集凤翎。
湘妃迟染泪，稚子早添龄。
潇洒姿犹怯，婵娟貌亦婷。
闲来行小阁，坐去望高厅。
细雾前轩护，烟轻别院停。
斜阴穿北户，疏影映南棂。
润滴莓苔砌，鲜连藻荇汀。
几竿偏袅袅，数尺自亭亭。
箨（tuò）落因风舞，枝低为雨零。
呼郎原是绿，唤士可名青。
直节多中蕴，虚心实外形。
清贫馋不得，何问渭同泾。

戏墨庄

墨庄先生貌如墨，平居垢面不修饰。
垂头颇类李台乡，七窍烟雨同一色。
口中含煤背怀板，前身应是海乌贼。
忽然变化出人间，为龙为蛇不可测。
旁人大笑君谓然，故以为庄了无恧（nǜ）。

岂知先生胸有奇，观书如月照幽域。
九天咳唾尽珠玑，白雪阳春光欲逼。
我观先生真妩媚，外虽黯黮（dǎn）中渊默。
我闻老子谈道德，所贵知白而守黑。
请君看取姣好人，满腹尘埃谁能拭。

夜 归

遍身衣露月朦朦，夜静初归仲蔚蓬。
山犬吠来茅屋外，水禽啼入稻花中。
开胸幸遭炎炎暑，刮面先愁猎猎风。
多少心情如绪乱，一齐付与草间虫。

石镜屏歌（并序）

　　石镜屏，罗江令云南杨古华先生周冕所藏也。出自大理点苍山。其圆如镜，白如月，中有黑云，突起一峰，似有人立于峰上。云气超忽，若远若近，甚可宝也。古华要余作歌，诗成，遂以相赠。

古华学书学黄华，一笔一画皆如蛇。
古华爱石爱老米，一邱一鹤如追蠡（lí）。
独有石镜如镜平，圆如月到十五盈。
下为波涛上云雾，十洲三岛环蓬瀛（péng yíng）。
其中一峰危且岌（jí），四面海水相溅渍（jí nì）。
上有一人袒左肩，颇似吴刚持斧立。
袖飘飘而吹风，足腾腾而乘空。
忽不知其所往兮，亦不知其来何从。
主人徐为陈始末，此镜出自点苍窟。
每逢八月月出时，直疑上下有二月。
巧匠斫石比月皎，此诗更比石争巧。
石不能言我代言，石愿共为天下宝。

神泉道中

谁家桑柘荫眠犊，舍前舍后种慈竹。
少妇出门汲水归，鬓边斜插西番菊。

由罗江至中江夜行

其一

逢人便问艾家坝，遥指松林山外村。
天近黄昏行不到，星星灯火出蓬门。

其二

岭上疏星煜煜明，四邻悄寂各无声。
东家犬吠西家应，知是行人冒夜行。

偕墨庄至中江访孟鹭洲侍御

山迎秀色入城中，天遣清樽此日同。
几树梅花诗兴作，一时题遍画堂东。

元宵观灯二首

其一

金鼓家家竞沸腾，银花处处更加增。
天疑萤化初流火，人似蛾飞乱扑灯。
村巷金吾原不禁，京华玉友记同乘。
我闻一刻千金值，秉烛来游笑尚能。

其二

刻画无盐亦自奇，稍加沐浴便西施。

歌喉能使行云遏，粉黛偏宜入夜窥。
却喜亲朋聚今夕，必须富贵定何时。
明朝酒尽人俱散，犹有余音绕梦思。

二月十一日夜闻雨声

细雨止还作，灯花翳（yì）复开。
春如人病起，天似醉醒回。
点点芭蕉报，声声瓦屋催。
明朝红湿处，先看牡丹台。

山　中

世路崎岖处处同，往来浑不畏霜风。
遥山一点登如豆，谁在寒松古柏中。

三月望日饮刘大家，闲谈蓥华山山枇杷盛开。即日令人取植园中

廿四番风楝子终，残英扫尽失芳丛。
忽闻千树蓥华上，移得三株小圃中。
艳殿晚春娇欲笑，颜开晓日晕微烘。
怪来昨夜多妖梦，有五铢衣下碧空。（自注：花五朵簇枝，梢止形如磬，乍看似一朵然。）

题荷亭

凿池傍山脚，着个荷亭子。
时有小蜻蜓，点破玻璃水。

题孟家店壁

八月清秋雨又风，萧萧夹路柏兼枫。
笑他苇荻池塘冷，也有鸳鸯戏水中。

别　内

许国今扬万里鞭，百般家计赖君肩。
栖身初置三间屋，糊口犹存十亩田。
常使亲朋来有酒，莫教稚女冷无绵。
我虽在外清贫过，也得人称内助贤。

留别醒园

新建楼台倚翠微，排山松柏半成围。
白云似友还相送，明月留人苦劝归。
祠内养鱼求变化，亭前放鹤且高飞。
最难别是冬初侯，梅正含苞理客衣。

深州牧李五峰遣送小菜四种

其一

未经出土气含酥，小放筠篮似束刍。
短短麦苗无可杂，不须偷问石家奴。（韭黄）

其二

才闻香气已先贪，白楮（chǔ）油封四小甔（dān）。
滑似流膏挑不起，可怜风味似淮南。（腐乳）

其三

栽如诸葛蔓菁菜，煮比东坡玉糁羹。

如练土酥群不识，教人长是忆金城。（盦菔，ān fú）

其四

醢（hǎi）人家豆列名蔬，紫蓼青葵回不如。

却忆诚斋诗句好，一生只解贮寒菹（zū）。（咸菹）

和墨庄弟清明诗

清明忽动两眉愁，抛弃家山万里游。

有母有妻悬故里，无衣无食寄他州。

牛眠坟墓谁为扫，鸡肋功名只合休。

不见灯前儿女笑，相思白尽老夫头。

江　柳

春尽东风草色青，鹃啼日落客愁生。

江流不断暮烟合，一树垂杨万种情。

题醒园图有感六首

其一

车家山下老农夫，走上长安十二衢。

昨夜乡愁眠不得，呼灯起看醒园图。

其二

自分途穷命里该，君平不必太惊猜。

虎头不是封侯相，款段他时归去来。

其三

每到花开踯躅时，故山不见共谁春。
生憎一幅桃源画，付与渔郎去问津。

其四

再向天涯理客衣，回头三十九年非。
蓉溪春色花如锦，不为莼鲈也合归。

其五

烦恼诗人二月天，长安买醉日高眠。
不须怪我朝参懒，梦里醒园只枕边。

其六

故山茅屋傍云龙，欲寄新诗再折封。
寄语儿童墙角外，明年再添几株松。

不寐二首

其一

愁人浑不寐，徘徊待明发。
何处凉风来，吹落一窗月。

其二

酒醒渴思茶，小奴呼不起。
坐见胆瓶花，自落砚池里。

喜凫塘成进士

我家一门四进士，得第年俱二十九。
汝于三李白眉良，况复好学世未有。

今年甲辰赴春闱，又届其时亦非偶。

七艺滔滔翻水成，师定为魁兄定首。

君亦高枕待掇科，吉梦自酉作至丑。

自言刘蒉（fén）与宋济，人力每妨天掣肘。

痴哉好事两阿兄，隔宵襆被（fú bèi）内城守。

周家宅子礼曹东，忍寒酪铺坐待久。

日高三丈榜未挂，遣五弟探砖门右。

须臾忽见报骑来，传呼直过江米口。

君方掩关醉未醒，忽惊剥啄声如吼。

闻道题名四十六，喜中尚嫌名略后。

两兄归宅为哄堂，贺客盈门杂稚首。

回思倘康孙山外，两兄何以对宾友。

勉哉努力对大廷，魁首当如拾芥取。

中秘本是吾家物，所缺龙头至今丑。

无书不览方为儒，好学应教充二酉。

他年文章寿世谁？三李当推君不朽。

登泰山而小天下，高堂二老闻信否？

吾知起舞踏破瓮，就中喜煞第四妇。（自注：时香如叔婶，方携四妇归宁泰安。）

喜凫塘入翰林

题名我家事，得自二人难。（自注：是科甲辰会试，四川额止两名。）

竞逐登瀛志，当同及第观。

两苏君可继，三李我无官。

际此遭逢盛，和声振羽翰。

五十一岁和凫塘四弟见祝元韵二首

其一

两载羁栖潞水隈，自怜无伴少持杯。

何期笑口逢君到，顿令愁眉自我开。

天上蟠桃谁再种，月中丹桂悔迟栽。

满庭朱紫休轻视，亲感皇恩降锡来。（自注：是日大儿朝础，为余请诰命至。）

其二

敢诩曾为两弟师，克传衣钵在今兹。

旧编李氏三昆集，新改童山一册诗。

林下拟敧藤杖坐，水边闲觅钓竿持。

壶中岁月田间富，笑弄儿孙一解颐。

四月二十九日底家

得归全感圣明恩，赢得身还入剑门。

妇子团栾如梦寐，此身恐有未招魂。

独游醒园

自从辛卯赴修门，十五年来梦始醒。

今日归家谁是客，鸥来隔浦鹭来汀。

闻前罗江令杨古华（周冕）解任后留川甚久，近将回滇。作诗遥寄

衢有谣来巷有歌，扳（通"攀"）辕无计奈君何。

人言草圣能驱鬼，我说诗颠竟入魔。

大抵人情近古直，莫嫌醉尉大讥呵。
近闻消息犹难定，不识何时返薜萝。

凿　池

天空久不雨，花蓉相对愁。
我知枯渴甚，携锄为花谋。
大观台下土，潮润如沙州。
浸润傍层岩，似有龙为湫。
面试先规定，始取土一抔。
百篝至丈余，水涌为渠沟。
滋滋一窦泉，微雨点作沤。
试以瓢饮之，已似汲长流。
岂惟共沓爨（cuàn），兼使萌芽抽。
归来却问花，花亦频点头。

天然床歌（并序）

　　天然床，古柏根也。昔先君应罗江令杨古华（周冕）聘，请修奎星阁。取材于东山，有柏高二千尺，大四十围。霜皮溜雨，不知为何代物。中梓人选，因伐之。以其身为栋，而弃其根为薪。先君惜之，谓古华曰："此可斫为床也。"遂欣然送之。掘及九仞乃得。佣百夫撵之，溯江舁（yú）至醒园。除其沙砾，剥之剔之。稍加修饰，权桠蟠结，百窍玲珑，尽作龙凤龟蛇之状。截而平其顶，登之能容八人。可坐可眠，有若生成。故曰"天然床"。其广丈余，屋不能容，故置于箭道，以茆亭覆之。率为风雨所拔，然根坚于铁，故虽霜日亦不能剥蚀也。因易以瓦，而移于临江阁，为作歌以记之。

　　绵州奎阁齐云霞，建者杨侯字古华。

当时伐木十选一，两川斫尽仍三巴。

就中先子实首事，古柏轮囷（qūn）半封记。

忽与杨侯登东山，黛色参天互惊视。

细者为桷（jué）大者宋（máng），乃惜其根乞作床。

自从撵至醒园后，夜夜玉衡星有光。

斫成纵横皆一丈，龙凤龟蛇形各像。

犬牙相错虬文蟠，略加修饰非由匠。

不须簟笫不须茵，磨洗莹如楚簟（diàn）匀。

凉天若徙北窗卧，清风定认羲皇人。

我闻床以柏为贵，素柏蹙柏皆称异。

何况人弃我取之，资费无多岂非瑞？

所怪直局脚微分，钉争金铁前朝闻。

莫教又梦玉堂去，夜中催撰床婆文。

嗟余须发虽未皓，归来宦兴迹如扫。

安得此床化黄杨，高枕吾庐睡无蚤。

琉璃玛瑙犹不题，矧（shěn）又莱杞与管藜。

惟此先人手泽在，堪与青莲七宝齐。

不愿跏趺（jiā fū）不愿坐，但愿醉来此间卧。

不妨露顶看青天，一任浮云太虚过。

移居醒园四首

其一

出仕囊羞涩，归田食訾綮。

猢狲一朝散，鸿雁半天高。

忽忆先庐在，无烦卜筑劳。

溪边有渔父，候我入蓬蒿。

其二

不用移文至，先回旧草堂。

友朋游鹿豕，山水奏笙簧。
深柳同莺坐，高松看鹤翔。
沙鸥知我意，江上弄斜阳。

其三

自是山居好，其如识者难。
妻拿愁说隐，父老爱谈官。
但使笙歌续，焉知米瓮残。
朝来一鼓吹，又缺半年餐。

其四

尽道居家乐，终年沸管弦。
华筵添一笑，莞库少千钱。
祸福谁能料，功名总听天。
不如闲富贵，可当小神仙。

戏 作

世事无非戏，何妨偶作恢。
先生实苏产，弟子尽川孩。
书塾兼伶塾，英才杂俊才。
小中堪见大，此亦费栽培。

客劝求田答诗言志二首

其一

不是田园绝不谈，吾家未至石无甔。
从来祸首皆由富，几见焚身弗为贪。
渤海无牛顽未化，泰山有虎视方眈。
况兼万里身方赎，落得余资佐醉酣。

其二

非爱笙歌逐队巡，军输辐辏扰乡邻。
方思披发峨山顶，肯复羁身纹水滨。
书籍购多空万卷，泥沙用尽已千缗。
凭君寄语诸亲串，我岂求田问舍人。

醒园晚兴二首

其一

寂寞掩柴扉，村鸦带夕晖。
牛知望阑返，鸭自认门归。
况有栖迟乐，宁忘倚履几。
流萤谙引路，先我照前扉。

其二

两边山气合，一派水光曛。
渡口人归晚，溪头犬吠云。
萑苻愁肘腋，机械起妖氛。
安得鹰鹯（zhān）逐，歼驱鸟雀群。

魏城驿

古来城郭半荒丘，山水凄凉暮色愁。
八百羽书方驿递，六旬老叟正衾裯（chóu）。
孤灯人语谁家店，野寺钟声底处楼。
睡起诗人无个事，淡烟乔木望绵州。

游窦团山

屹立三峰天半开，天桥何必说天台。
归来始脱风波险，怕看僧从铁索来。

匡山谒太白祠

太白祠前草欲芜，米颠碑迹半模糊。
平生亦有清平调，诗到匡山一字无。

祥符寺看腊梅

腊梅开处一城忙，尽向祥符踏晓霜。
疑是阿娇爱金屋，知为少妇喜流黄。
色如栗玉初含蕾，形似钟铃小着行。
不是山人常野服，此花合配道家装。

春初至金山驿，家丞李百川（源）招游富乐山

其一

富乐古来名胜地，招游最喜得家丞。
时无争战乾坤大，直上云峦第五层。

其二

著刺藤梢洞口迷，攀崖亦复共留题。
春酣亭下花如锦，却忆眉州唐子西。（自注：山半有
冷源洞，多宋人题名。）

落凤坡谒龙凤祠

危坡下距气如虎，鹿头忠魂白虹吐。
出城风雨何纵横，士元墓在罗江浦。
先生早为德公器，冠冕南州名始普。
颍川凤有知人鉴，曾叩洪钟伐雷鼓。
二千里往桑下谈，预知欲得贤君辅。

刘备岂是田舍翁，童童车盖真人主。
伏龙凤雏士无双，并驾齐驱竟谁伍？
璋也焉能死先生，幸有不幸矢如雨。
莫以成败论英雄，只须中计西川取。
其实杯酒真相负，鱼水君臣无此侮。
至今松柏夜哀号，同一定军山下土。
二公并祠诚有哉，当年应唤双忠府。

久　雨

今年秋较早，霖雨竟如何。
暑气深山少，雷声入夜多。
蛙鸣如课读，鸠语似交呵。
最是关心事，田中水没禾。

过赵国瑾山庄，庄在冯家嘴山后。君先人澹园先生亮，任邻水广文，与先君交好，故访之

颇闻赵子有山庄，今日来拼醉一觞。
近水垂杨沽酒店，绕山慈竹读书堂。
前言戏耳无非偃，吾道穷与岂畏匡。（自注：时近山
郭家沟多盗，官为歼其巨魁，故云。）
五十年来弹指似，传家幸各有文章。

醒园遣兴二首

其一

笑对青山曲未终，倚楼闲看打渔（通"鱼"）翁。
归来只在梨园坐，看破繁华总是空。

其二

生涯酷似李崆峒，投老闲居杜雰中。
习气未除身尚健，自敲檀板课歌僮。

观音岩

何年一声雷霹雳，划开澒洞（hòng dòng）山崩裂。
风暝雨晦天忽明，普陀飞来一片石。
我时展祠值仲冬，爇（ruò）香大士随群童。
醉眼迷离失归路，错认长江作卧龙。

丁未除夕示龙山弟

得归茅屋已三年，别岁今宵乐事全。
赌亦不嫌输弟墅，好音何惜赐歌田。（自注：见《史
记·赵世家》。）
醒园住久邻相馈，醉墨书成姥讶颠。
独有好梅清兴在，深防爆竹在林边。

赠孝泉延祚寺海上人

海师癖性喜枯禅，遍植名花自沃泉。
净室无非梅作供，生涯尽是菊作田。
行拖锡杖虽依佛，偶着纶巾却似仙。
知我夜来耽僻静，法堂深处许吾眠。

买榾被偷作诗自笑

栽花插柳趁新年，雇得肩舆往孝泉。
一夜偷儿全拔去，枉为人出买榾钱。

元 宵

花灯岂肯到园林，绝小红楼试一登。
近水喜闻下河调，居山只挂上年灯。
雨来花上两三点，月在松梢七八层。
老大徒伤豪兴短，一杯到手已謷腾。

怀州阻雨

霆霖十日阻怀州，白浪如天打行舟。
天欲恼人人不恼，小诗题遍翟家楼。

遂宁县

六月炎天雨似油，蓬溪山滑不胜愁。
晓来听得行人语，一路棉花过遂州。

八月十七日由醒园移居南村旧宅

南村原是祖居堂，何必平泉恋别庄。
清福由来神所忌，浊醪尚喜妇能藏。
展开万卷楼初上，洒扫三楹桂正香。
不是云龙山不好，里仁为美是吾乡。

浮 山

万点尖峰列眼前，浮来海外是何年。
似经风浪涌平地，吹起云峦堕别天。
远望洛妃轻若雾，淡描姑射（gū yè）貌如烟。
博罗仙境曾身到，又见凌霄一朵悬。

小坝关中秋

生涯强半客他州，何处乡风不可留。
地入大安云满袖，天开小坝月当头。
赛祠戏散台仍在，打稻人忙市早收。
村饼山梨聊过节，一年难遇是中秋。

山家榨

门前十字水，问是山家榨。
桤栽一亩阴，田获千仓稼。
过桥聚鱼惊，穿柳溪鸟骂。
日暮雨又来，唤渡立河下。

九龙山观铁钟铁炉二首（并序）

铁钟铁炉，皆明崇正大学士邑人刘宇亮及兄宇扬、宇烈所铸也。至今北街石坊尚存。书"首辅请缨"四字，即十七年五十相之一人也。

其一

谁把当年九州铁，铸成一错悔无从。
满天星寇何曾灭，空使山魈（xiāo）拜夜钟。

其二

五十人中此其一，当年昆弟亦何愚。
佛经莫笑城头挂，又见刘家铸铁炉。（自注：挂佛经，杨嗣昌事。）

谒诸葛双忠祠

武侯三世为刘死，陈寿私怀髡父仇。
如此双忠犹曲笔，又将何罪问谯周。

寒　露

自怪年来作事差，流光荏苒尚天涯。
树经寒露都无叶，菊过重阳未有花。
稚子围炉烧白果，邻翁提筥 (jǔ) 饷黄瓜。
漫言古寺今牢落，客在僧房胜在家。

再登九龙山时西藏用兵

羔袖龙钟又欲行，蹇驴随我上峥嵘。
只求俯仰心无怍，何怯高低路不平。
画戟森严秋月冷，羽书络绎夜星明。
圣恩敢恋山林乐，北阙明年誓请缨。

妙相院（赠张三）

一湾流水小桥西，妙相禅林大字题。
落叶盈阶僧不见，野花满径鸟争啼。
乾坤容我聊龟息，日月催人老马蹄。
独有张三能御李，蹲鸱 (chī) 饷客味如鸡。

正月十四日至成都，是夜观灯

试灯节届渐闻声，次第鳌山压锦城。
十字楼头星共灿，万家门口月初明。
管弦奏处莺吭滑，帘箔钩时翠黛横。

老病连年游兴浅，衔杯谁与话衷情。

元 宵

灯遇元宵尽力张，暗尘滚滚逐人忙。
烛天火树三千界，照地银花十二行。
宝马长嘶成队醉，油车细碾遍街香。
谁知月到团圆夜，早已微销一线光。

十六日夜再观灯

明月留君君漫猜，残灯尚可酌金罍。
龙经烧尾犹蟠舞，马为抽心却到回。
玉漏频催门渐掩，金吾收禁户长开。
倚栏听得游人说，明岁还邀旧伴来。

寒食出城

出自城北门，踏青人满路。
处处纸钱飞，乌鸦啼上树。
云龙山下我先茔，遥忆儿孙奠酒羹。
只有龙钟老不肖，浪游耽误两清明。

望蓥华山

路过火烧堰，蓥华咫尺间。
登天应不远，云锁万重山。

五月初一日同墨庄游醒园

久不到醒园，三径荒都遍。
低头碍花枝，每被蛛丝罥（juàn）。

池作十字裂，草深鱼不见。
酴醾架未支，纵横草间串。
兰花真幽独，细叶干如线。
翻让滋兰图，画出转葱蒨。
蓬蒿争雄长，荆棘来相唁。
垣颓蹊为塞，石崩山亦怨。
拌（通"绊"）足虺（huǐ）蛇蟠，冲路鸟兽窜。
破窗风飕飕，古屋月艳艳。
借问此胡然？课督失劝谏。
畦人事西畴，新田十双佃。
专力及我私，于公遂失盼。
今朝花木喜，幸识主人面。
伯仲两老翁，相携邀乃眷。
既来必有诗，吟成试听念。
何人具鸡黍，日暮举酒燕。
吾家有阿兴，烹炮能亦擅。
老子兴不浅，一醉目如眩。
归来问园丁，诫之莫吾慢。

述怀三首

其一

凤鸣必高冈，鸿翔必寥廓。
当为上流人，肯归天下恶。
既与时事左，难负夙昔约。
所以童山子，欣然学行脚。
入则百尺楼，出则千里屩（juē）。

其二

吾弟有奇兴，勃发游峨想。

要登万仞峰，卧看孤月上。
知余寡所谐，尘蒙增慨慷。
为言千里雪，顿觉烦胸爽。
倘令君不偕，吾意亦独往。

其三

岂无习家池，刍荛 (chú ráo) 践野老。
岂少郇侯架，缮 (fān) 阅费幽讨。
富贵等浮云，得友乃为宝。
石臣我所师，岂只平生好。
此杖不同持，转眼元发缟。

九月初八日凫塘自粤东回里宴集补过亭

忆弟正遥望，欣闻返故乡。
貌仍菊花瘦，衣尚桂林香。
名刺磨千纸，空囊剩一箱。
晚来看行卷，瑶语总难详。

送凫塘回京省母

只因京有母，翻似返家时。
弟自官逾贵，兄将老渐衰。
三都皇甫序，六首夏侯诗。
不为门闾望，埙篪 (xūn chí) 肯暂离？

云谷送崇宁杨梅六株种于家

崇宁珍果不殊郫，塔子山前劚 (zhú) 数根。
惠我分栽应有意，诸杨合遣住南村。（自注：东坡诗
"南村诸杨北村庐"，余居南村，故云。）

冬 日

残冬无复事游轮，为近喧窗启户频。
只把奇书消短昼，更无俗客恼佳辰。
狸奴碧眼针悬午，狮子 (zhì zǐ) 红茸毯睡巾。
不是茅檐贪向日，从来曝背献明君。

冬 夜

小斋兀坐拥书城，长夜如年笔墨横。
早兔拨云惊巳上，寒鸡惊漏诧先鸣。
铁衾也学人情冷，灯尽偏于吾道明。
不是避人人避我，三冬文史足平生。

乙酉除夕二首

其一

家人何事庆宜其，为我楼居榻又移。
农说占星征谷贱，儿喧压岁择钱迟。（自注：时有择
钱之禁。）

今年醉到明年醒，老者难随少者嬉。
忽忆武昌远游客，不同卮酒乐怡怡。（自注：墨庄时
游楚。）

其二

却检生衣祀祖先，合家欢庆拜庭前。
小名犹寄高堂唤，大字难书帖柱联。
裘已无毛空豹鞟 (kuò)，齿皆依序似蝉联。
病躯懒放除妖爆，只把龟蛇镇宅悬。

元旦试笔

玉箫金管鼓喧阗，不觉春光又一年。
守岁儿童慵未起，贺新宾客早来前。
几盆长乐迎风丽，一树梅花妒雪妍。
我有知交在书内，开编无数古名贤。

元　宵

月华如水夜如冰，又见家家火树增。
古画四围聊对酒，浓油一盏当张灯。
宝糖乌腻从儿唉，叠鼓投琼让客能。
却忆去年奔命日，锦城丝管正喧腾。

鳌峰至醒园不作诗，既去戏作长句

鳌峰父子皆奇妙，云龙山头三日眺。
自言出句必惊人，今朝竟被醒园笑。
酒酣更上一层楼，诗成啸傲凌沧州。
高兴欲骑云表鹤，忘机惊起沙边鸥。
薄暮归来寒色紧，犹向农家求酒饮。
不知三竿日上檐，误认四更月来枕。
一自辞归射水滨，江天寂寞又连旬。
再来如访武陵路，只恐桃园不见人。

略坪张山人隐居

虽云居近市，却是僻如村。
临水常安榻，看山别设门。
饮醇知友德，涂墨亦师恩。
相对俱头白，频惊感旧魂。

雎水关

徼（jiào）外诸羌路，当年设险关。
一江流湔水，万笏（hù）拱岷山。
官炭黄钱贩，番椒百草蛮。
车书今一统，荒堡戍楼间。

沿溪夜行

溪水随我行，忽别不知处。
我行至前村，溪水又相遇。
万水千山管送迎，翻云覆雨手中生。
故人今日知何去，不及溪流送我情。

见卖蔷薇花作

唤卖蔷薇三月天，儿童争戴几枝鲜。
老人见此癫狂甚，欲购囊无大版钱。（自注：时钱有
大版、二版之别。）

客　至

跣足卧西轩，客至慵不起。
自言城中来，新诏怜赤子。
尽蠲（juān）今年租，欢声沸闾里。
闻之慰老怀，种秫（shú）已可喜。
又添数瓮云，幸免醴如水。
自惭久疲癃，痂疮搔满指。
不觉筋力强，蓬头自梳理。
起来索布袜，忘失草堂里。

三弟检讨墨庄自楚回里，以《出峡草》见示。言此行于金陵得见袁子才，于杭州得见祝芷塘，为快事。为题二首

其一

去冬方出峡，今夏始归绵。
却怪风波里，如从平地旋。
客怀同负米，市易择新钱。
纵有文如锦，应难换粥饘（zhān）。

其二

穷本饥驱去，诗翻满载归。
秋风何太速，夜雨久相离。
咏史逢袁虎，谈文忆祝龟。
兹游良不负，得见两名师。

醒园杂诗八首同墨庄作

大观堂

万松围一台，前荣见千里。
每逢风雨来，涛声亦可喜。

木香亭

回廊深且幽，静室矮而敞。
时有幽禽来，作巢树梢上。

栗亭

皱落听儿拾，炉煨任客尝。
安亭最幽处，四面栗花香。

坐花馆

桃李满芳园，天伦多乐事。
痴儿不解花，绕树寻果饲。

清溪草堂

清溪溪水清，照见溪上屋。
幽人正著书，灯光映修竹。

洗墨池

石亭下有池，题诗多石刻。
至今池下鱼，顶上多遗墨。

临江阁

俯视江天清，仰观江月白。
年年江上人，阅尽往来客。

巢云堂

古有巢居者，寥寥不可闻。
忽逢赤松子，长啸入青云。

栽花二首

其一

醉里生涯最乐耽，茂林修竹似江南。
客来若问翁何事，趁雨携锄植气柑。（自注：蜀人谓
柚为气柑。）

其二

课獠清晨上小岑，栽花直到日微阴。
诗成不用旁人和，自有流莺相对吟。

得归茅屋

（自注：在四桂轩南。用杜少陵《再至草堂》首句意也。）

幅巾藜杖得归来，心已全非眼倦开。

宦海波涛都似梦，敝庐风雨幸无颓。

万竿恶竹不胜斩，数寸新松尚可培。

却喜闾阎非揖让，尽客疏懒不须陪。

困园杂咏四首

其一

困园初筑亦悠然，地狭偏能结构坚。

叠石为山全种竹，穿池引水半栽莲。

拈花偶笑人称佛，戴笠行吟自谓仙。

曾到名山游脚倦，此身只合老丹铅。

其二

独坐园林百不思，细观物理识安危。

鸟巢密树飞方觉，鱼在深渊跃始知。

瓮面常留亲漉酒，案头时有自圈诗。

本非毕卓何妨醉，莫怪长年独把卮。

其三

老来意气尚纵横，指点前贤入品评。

未许陶潜称酒瘾，肯教杜甫占诗名。

好官市上优兼儡（lěi），佳客门中弟与兄。

看透世情惟冷眼，知予不是不平鸣。

其四

一年一度出游遨，多所枝梧少所遭。
题壁草书惊太怪，逢场作戏诧犹豪。
不能酒却常求醉，略解棋偏自诩高。
汉帖唐碑是知己，归来何惜校雠（chóu）劳。

移居困园二首

其一

奚童随我蹇驴回，水槛山亭次第开。
林下鸟声多聒噪，杯中蛇影尚惊猜。
悲怆暂卧凉风至，西圃方浇骤雨来。
经济一生如此了，天年只合老樗（chū）材。

其二

岭上多云只自怡，山中幽事许谁知。
奴谙买药回场早，婢解浇花汲水迟。
谢客不藏家酿酒，教儿重写近吟诗。
合家只要团圞乐，富贵何须羡嵌嵼（yǎn yí）。

龙　洞

（自注：在鹿头山下。）

罗江多灵山，大半空其腹。
镇以鹿头关，下有痴龙伏。
昔有李道人，骑鹤来栖宿。
鼎炉烧降香，乍讶双童出。
不知何年湮，窦门版堵筑。
尚有一泓泉，泠然缨可濯。
浅深浑不辨，但觉黑煜煜。

试以石投水，礌硠（léi láng）转车轴。
訇訇（hōng hōng）如雷鸣，惊起两蝙蝠。
从者愕相顾，俯视为踧踖（jí cù）。
老人为予言：曾于此伐木。
斧声一丁丁，鼍（tuó）鼓应深谷。
天旱水不枯，夜寒月可掬。
其洞本岈然，四时流五谷。
曩（nǎng）有穷源者，扪壁必以烛。
石屝款青苔，香气触甘菊。
就中别有天，仿佛光入目。
忽闻鸡犬声，徐步乃退缩。
献贼屠蜀时，居民避为屋。
至今窨（yìn）室中，尚有骷髅哭。
近年亡命徒，逃狱畏官逐。
往往成渊薮（sǒu），藏匿聚奸族。
因之塞其窍，仅可供沐浴。
吁嗟天生民，岂必在鞭扑。
作孽虽自求，教养归良牧。
我愿开此山，洞然见心曲。
德政化顽梗，宽仁变局促。
庶几刑罚中，有所措手足。
不但世宇旷，亦可访古躅（zhú）。
何当勒此言，永为万姓福。

大霍山

奇花冬蓓蕾，古木雪雕疏。
旧是神仙窟，今为佛子居。
灵瓜心沁入，银杏指真如。
接引何时引，无眠眄（xì）绮疏。

十二月二十六日再宿罗真观

信是山人不肯闲，天风落木走深山。
今宵直卧云深处，要看龙车夜往还。

雨中望金顶山

一山孤立众山宗，盘绕青螺万万重。
云里长疑披絮帽，雨中偏喜着轻容。
人言海内无三岛，我道村中第一峰。
倚得孤松唤金顶，问他可也受秦封。（自注：山顶有
松一林，望之如伞，故俗名"金顶"云。）

塔水桥荧惑宫访月上人留诗二首

其一

净室凉如水，到来心便清。
雨匀花变色，日暖鸟多声。
圃内乾坤小，心中日月明。
尔来添百艺，诗字亦加精。

其二

闻君逢月朗，独坐挹风清。
有客笛三弄，无人琴一声。
官同禅榻坐，邻借佛灯明。
更喜传衣钵，高徒谱渐精。

游玉京山景乐宫听道官刘虚静弹琴二首

其一

到门琴忽止，羽扇出前轩。

便请闭双户，凝神为一弹。

焚香翔白鹤，度曲引青鸾。

此去蓬莱近，微嫌尚做官。

其二

绕屋潇潇（通"萧萧"）竹，人间无此幽。

忽闻过站马，惊退出关牛。

地好偏邻郭，仙居只爱楼。

知君日无事，坐对水悠悠。

墨香泉（并序）

墨香泉，在罗江南塔天台山下。向闻玉京山道人刘虚静为余言，欲游未果。今年正月十九，至东山，邀虚静同游。乃过芙蓉溪，披荆剪棘，沿江而上，有石曰"钓鱼矶"。亭废尚余柱眼。折而东，上有巨石，镌"上天梯"三字，为邑人苏宇、姚大护书，无年月。稍偏，又有石书"山高水长"四字，失名姓。再上即观音堂，今为邱氏祠堂，翠竹青松与怪石相间，旁石楷书"钓鳌亭"三字。石俱横卧，刻龟蛇鱼鳖之形。其下有泉，滋滋流注，广三尺许，才如牛蹄溽而水黝黑，终年不竭。虚静指曰："此即所云泉也。"上有隶书三大字，曰"墨香泉"，并题诗云："泉源混混自天成，最喜长平彻底清。时有文人将墨浣，讵无诗客引觞并。花香日暖满芳

径，树色春深腶古亭。忆昔羲之若闻此，也须醮笔草黄
庭。万历壬寅仲冬，楚、江夏处桂程宗道题。"此碑向
为州志所不载，余因采入《梓里旧闻》，并纪以诗。

> 我生好远游，最近反不晓。
> 闻道南山下，有泉出林表。
> 厥名为墨香，未到已倾倒。
> 朝来同羽衣，访此小瑶岛。
> 细径如羊肠，曲磴随飞鸟。
> 伊谁钓鱼矶，投纶饵阳鲛。
> 至今余柱础，亭废已难考。
> 遂登上天梯，便觉众山小。
> 何年观音堂，邱祠已改造。
> 翠竹夹青松，小棘扶大枣。
> 乱堆石亦奇，刻画工颇巧。
> 遥望钓鳌台，飒沓龟蛇扰。
> 忽闻琼珃声，俯见琉璃湫（jiǎo，自注：上声）。
> 下有黑蛟沉，上有盘龙绕。
> 欲饮愁心黑，成文试手挠。
> 黪黩（cǎn dú）阴气多，浊泥阿胶少。
> 借问谁著书，遗下洗砚沼。
> 得非乌玉玦（jué），又为唐生讨。
> 不然松滋侯，曾于此浴澡。
> 复疑元香守，甘澍（shù）从人祷。
> 怳恍（tǎng huǎng）不能明，谁复探幽渺。
> 细观泐（lè）石人，为明程宗道。
> 诗固庾信清，隶亦李斯好。
> 生为罗江人，不识罗江宝。
> 急付小胥誊，留作州乘稿。

偕何鳌峰游三溪寺二首

其一

不识三溪寺，相携过石桥。
一泉觞始滥，万里箭如标。
风雨逢龙怒，烟霞养鹿骄。
到来心共寂，闲坐话前朝。

其二

昔有玉川老，于兹坐讲禅。
塔经千劫火，龛尚一灯然。
碑蚀祥符字，田施永乐年。
可能衣钵在，杯渡定应传。

独游马跪寺龙洞

僧言龙洞多奇石，白昼还须秉烛游。
贪看玲珑悬佛手，浑忘磊硊（lěi wěi）触人头。
扑来蝙蝠火几灭，踏碎骷髅龟亦愁。
我欲持斤斫山骨，却妨龙睡且须休。

安县道中四首

其一

神泉不敌井泉香，雀舌还输兽目张。
三月安州逢谷雨，春山到处碾茶忙。

其二

柘村东去枣园西，巨石横江竹径迷。
一路绿荫花事了，隔山无数子规啼。

其三

铁索桥西有石龛，茂林修竹似江南。
何时粗了向平债，每一峰头结一庵。

其四

独槐门挂酒帘新，到处逢迎有主宾。
两次罗浮留我宿，峰峰认得李山人。

西昌道中二首

其一

西山白鹭下晴皋，金妇桥边水满槽。
磨罢秧田平似掌，一蓑夜雨下鳅篆（háo）。

其二

村庄处处看蔷薇，客路春光渐觉稀。
四月农家蚕豆熟，满篮剥得绿珠归。

界　牌

不下帷人肯下阶，等闲十日住花街。
老来儿女情偏笃，两过何家问界牌。

题青社酒楼

小桥斜枕碧溪流，新柳依依蘸小沟。
斑竹笋香供夏馈，来牟麦老当秋收。
此间便是登三岛，同乐何须羡五侯。
一笑市人谁识我，醉来高卧酒家楼。

罗汉寺访礼汀和尚

慢说高僧近世无，江南宗派出丹徒。
谭禅语带蜜殊气，著作争传罗汉图。
月到一龛皈马祖，雨余万竹长龙雏。
连年阅遍西川衲，只有参寥合配苏。

什邡县

什邡卑湿地，时雨复时晴。
字向闲中学，诗多醉后成。
萱花垂鹄嘴，豆荚露猫睛。
偶向城中过，争传小李名。

观音寺苦热有感

本因热甚思求雨，待雨来时热转多。
夜气正凉方祛暑，世间偏有扑灯蛾。

暑夜宿中和场

暑气不肯退，秋宵尚未凉。
蒲葵风在手，茗椀雨鸣肠。
月出云还掩，鸡鸣鹊尚翔。
腐萤尔何苦，犹自炫微光。

玉京山访琴道官刘虚静，时戴刘二先生在

步屟（xiè）玉京山，景乐阁（bì）轩敞。
山静寂无人，但闻棋声响。
户外有履二，排闼竟入幌。

不复论主宾，脱帽同抵（zhǐ）掌。
地既曲且幽，天气亦清朗。
秋阳曝人背，茶罢汗流颡。
菊花翻东篱，绿竹映西敞。
雨肥蕉叶大，林深石芝长。
香橼何馥郁，乃知此处广。
赠我携袖中，芬芳自天上。
本鲜俗累牵，又获同心赏。
经旬住绵城，得此一日爽。
回语琴道人，明日再来访。

重过丰都庙有感。余旧启蒙塾也

此是当年旧书塾，童蒙于此课初爻（chū yáo）。
晨兴拔草寻蛇窟，向晚攀枝探鹊巢。
每以收威遭夏楚，偏于觅句解推敲。
如今老矣全无用，回忆趋庭泪欲抛。

潺亭山下有八十岁老人周士泰，家藏明两铜爵。上有"成化十八年，罗江县置"九字。予购得之并纪以诗。罗江今改绵州

人间何处是沧桑，生把他邦换此邦。
丁鹤（自注：丁令威化鹤典故。）归来城郭变，两铜爵
上见罗江。

九月二十九日由南村至杨家庵

扑面霜风水渐冰，山翁袖手又重登。
烟江有艇闻呼渡，野寺无人但见灯。
草上有时走狐兔，空中何日下鹯（zhān）鹰。

池塘十亩卧频朵，无数龟鱼只缺罾。

久雨忽晴

昨夜三更雨，风声半在松。
今宵一轮月，影挂最高峰。
蚊拍手中卷，蝉鸣耳内钟。
明窗红日上，欲起更成慵。

晚　晴

柏叶如枫叶，松声杂雨声。
隔林千嶂远，对寺一峰横。
白鹭雪初下，黄花霜倍明。
鹁鸠殊好事，向我报新晴。

红　菊

小寺有红菊，开窗见两丛。
不知过晚节，错认是春风。
欺我颜非少，夸他染费工。
未寒何用火，艳艳向人烘。

除　夕

少喜流年增，老惧流年去。
流年仍率常，喜惧各分虑。
偶见尘埃扫，又惊日月除。
屠苏名虽佳，分明老堪恶。
桃符何必换，转眼门阀故。
今年稍光辉，刺史蒸豚赙（fù）。
安州曹汛司，亦有香獐（zhāng）赂（lù）。

藉此润笔资，供我口头饇（yù）。
自斟复自止，病齿每撦箸。
坐令山妻憎，负此贤内助。

元旦三首

其一

昨夜岁仍旧，今晨岁忽新。
同此一夜中，已分两年人。
人老添是减，人少缩是伸。
老怯筋骨礼，不敢出迎宾。
少夸脚力强，走遍东西邻。
不如且高卧，庶免客生嗔。
待其酒食去，然后起着巾。
晨钟发深省，默数平生因。

其二

天既生吾身，必有吾身事。
就身所应为，暗必合天意。
寡过时内悔，知非尚无愧。
究竟不知天，置我身何地。
譬如产木材，雕斫为人器。
芒刃用既钝，岂免投闲置。
蛛网与尘封，不复珍箧笥（qiè sì）。
变化亦有时，数惟管辂（lù）识。

其三

我归今八年，成功甘早退。
山林岁月宽，尚可任恣肆（zì sì）。
悠游养性天，聊以守素位。

以云身衰耗，须发尚青翠。
以云身刚强，行必藤杖侍。
似弱又似强，不知天所畀(bì)。
旺嬴与盛壮，我闻有元气。
金丹诳愚儿，往往翻受累。
神仙吾不为，期颐自由至。
书此以自贺，诗成身已醉。

初一南村观捕鱼

闻呼沟上捕鱼来，要算新年鱼一灾。
破裤脱时持罩去，拈阄卖罢得钱回。
西畴田父争春水，南圃园丁报早梅。
唯有老人扃(jiōng)室坐，天寒自拨不燃灰。

小西湖初成 (并序)

余在通罢官，每日思归，遂见之梦。梦中辄见南村屋左，有荷池，池中楼台掩映。醒问自川来者，皆以为田。然不梦则已，梦则如是。余必度曰：得勿使化田为湖，后半生居于是乎？果尔，得归当成吾志。自是不梦。今名小西湖，遂初志也。

内凿方塘外凿堤，一朝凿破梦中迷。
不栽便有菰蒲长，才种旋看竹树齐。
十亩肥饶化鱼鳖，百年浮没任凫鹥(yī)。
更移红白新繁藕，要当西湖在屋西。

十二月立春雪

不是草萌动，春来人不知。
小梅才破口，弱柳未成眉。

官有土牛送，邻无金燕遗。

雪知时节暖，堕地故迟迟。

元　宵

元宵争看采莲船，宝马香车拾坠钿(tián)。

风雨夜深人尽散，孤灯犹唤卖糖圆。

春　望

十日阴寒懒出游，偶来平野豁双眸。

喜晴杨柳舒青眼，妒雪梅花笑白头。

隔树一鸠啼午寂，并巢双燕诉春愁。

谁家墙外花枝好，破费黄封一日留。

红牌楼

山色溪光处处迷，新莺唤我过桥西。

柳经霜后绿初染，草带烧痕青未齐。

烟簇红楼堪系马，日斜白屋欲啼鸡。

谁家鼓吹争迎客，环堵摩肩拥众挤。

答何云峰

竹林喜共阿戎语，闻道鸡林问雨村。

漫把诗名传海外，为言寂寞老柴门。（自注：云峰自京归，言朝鲜正副使者入贡，俱能背诵予诗，并问余消息。）

金堂署观剧

云顶召予已遍游，行縢(téng)何意又攀留。

虚名每愧陈蕃榻，佳句谁传李白楼。

祸福无凭皆自召，功名有定只看优。

若将我辈登场演，粉面何人可与侔(móu)。

得魏宛卿书二首

其一

魏王船上客，久别自燕京。

忽得锦官信，来从绣水城。

讴推王豹善，曲著野狐名。

声价当年贵，千金字不轻。

其二

傅粉何平叔，施朱张六郎。

一生花底活，三日坐中香。

假髻云霞腻，缠头全玉相。

燕兰谁作谱，名独殿群芳。（自注：时都下传

《燕兰小谱》，载乐工数十人，以长生为殿，长生即魏宛卿小名也，或云

《小谱》余秋室作。）

窨(qiáo)金堂右尉署不寐

一生富贵沐猴冠，待得归乡兴已阑。

底事官衙偏不寐，从来野性惯林峦。

眼镜（与玉溪同作）

眼昏无治法，得镜忽双清。

全洗看花雾，偏添小楷明。

玻璃镶去薄，瑷瑹(ài dài)带来轻。（自注：瑷瑹，

西洋眼镜名。）

爱尔从予久，新加老友名。

江　涨

江涨奔千马，山高隔九龙。
已惊桥尽漫，又报路全冲。
云阵连天压，风涛入夜汹。
何时霾尽扫，稳杖一枝筇（qióng）。

小西湖看荷

谁开玉镜泻天光，占断人间六月凉。
长羡鸳鸯清到底，一生受用藕花香。

入　山

入山恐不深，更入茶山坪。
父老知我至，招呼相逢迎。
彼此邀还家，以我为人情。
瓦煤与苇管，涂抹徒纵横。
草书不入格，今复龙蛇惊。
何以为润笔，村醪浊复清。
烹鸡冠爪具，蒸豚椒姜并。
醉中复何言，无非读与耕。

十二月二十八日荷花池红梅书屋落成，是日移居自贺

也有亭台也有船，出门数步即平泉。
爱香每向梅边住，习静常从竹里眠。
新屋携儿同襆被，坐床少客亦铺毡。
堂成吉日无人庆，自写新诗当贺笺。

癸丑元旦

今岁初交六十春，居然忝作杖乡人。

屡经魔蝎仍无恙，乱草灵符尚有神。

膳饮从游随日备，楼台频徙趁时新。

京华却忆王门客，投刺今朝正逐轮。（自注：京师是日，但端坐车中，遣人投刺，可一日而毕。）

感　春

是物从新发，惟余依旧衰。

眼昏须瑷瑍，齿缺怯饧（xíng）饴。

栽果何时大，看花隔雾疑。

昨朝痴绝甚，银杏种千枝。（自注：银杏，亦名翁孙树，言翁栽而孙始得食也。）

春初蒋少尉莲洲玉墀（chí）枉驾同登函海楼

上接青天下接潭，请君楼底小停骖（cān）。

望江不见江还远，函海何曾海可函。

十里菜花蜂采蜜，百株桑树妇缫蚕。

民忧民乐居官事，如此风光可似南。

初六日莲洲座上听灯曲戏赠

自是州城乐事多，元宵未到早笙歌。

春兰不用夸芬馥，遍体生香究让他。

栽紫荆

窗外红荆树，村中卢氏遗。
忽思兄弟事，栽与子孙知。

精忠观题鹤林墨兰（并序）

乾隆癸丑花朝，余至绵竹。偕鹤林、惕斋，同诣忠武岳王精忠观。观鹤林所画兰，及惕斋题跋，属予题诗。岳王庙在南郊三里，盖张魏公家曾藏王送张紫岩北伐诗，后人因诗立碑，因碑立庙，故绵竹有岳庙。王汤阴人，鹤林亦生其地，其兄为绵竹尉。故重修精忠观，并添铸秦桧、王氏两铁人，跪庙前焉。

晓谒精忠观，徐步入幽室。
忽见空谷中，兰花石背出。
谓是灵均种，无人春自苗。
坐久不闻香，乃知是画帧。
鹤林忠州秀，生叶梦兰吉。
有时挥素绢，人与兰为一。
王亦生汤阴，绵南有遗笔。
谊切桑梓恸，丹腲（huò）换蓬荜。
既已庙貌新，复思金石述。
缅怀三字冤，千古芳名溢。
故令写奇香，争光月与日。
题句愧同心，趁赛荐有毖（bì）。
回看两铁人，遗臭何时毕。

118

烧笋（同云谷作）

西蜀饶林箊（yū），南珍产箭笴（gǎn）。
吾家水竹居，对门筼筜（yún dāng）伙。
常愁稚子出，窃被旁人裹。
园丁劝早烧，带壳计良妥。
不须郢人斤，只借燧人火。
籍兮风其吹，衰矣时当果。
肉食谢不能，禅参意亦颇。
不交王子猷，只友文与可。
食罢笑谓君，蔬笋气真我。

仙人桥（并序）

在德阳县北二十里。《云笈七签》云：县北十里，秦中治秦韩仲修炼之所，一名浮中山，桥所由名也。旁有秦真观，今为驿站马敞矣。

赢（yíng）氏剪六国，黔首无噍（jiào）类。
贤者多避之，桃园其一事。
云何雒水湄，亦有韩仲至。
得非武陵人，别支居此地。
当时巴苴（jū）平，蛮凤尚敦挚。
混沌日以凿，往来竖邮置。
流俗好荒唐，代远传闻异。
人谬称为仙，吾特重高义。
古观创何年，长廊絷（zhí）驲（rì）骑。
田禾何时来，候吏倦欲睡。
致令房牢落，案作马槽馁（něi）。
仲昔于此栖，吾今亦暂寄。

榉柳一亩阴，芦荻四面庇。
谁家牧犊儿，犹争角抵戏。

游慧剑寺登梦应楼（并序）

慧剑寺旧碑有宋淳熙十有六年十一月甲戌，邑人淳于震，夜梦紫衣比丘入其家，持化度牒，继而又见持慧剑，访上人真公，见其所衣之衣、所出之书、所诵之偈(jì)，悉与梦同。父子感异，遂舍田三亩，以充寺基。不数年而真公果登正觉。震亦陟(zhì)显位。此梦应楼之所由建也。事详于宁波府同知邑人曹山梦应楼碑记。碑为嘉靖二十三年春二月望日造，见立于天王殿前。其殿楼则创始于正统壬戌，僧源聪所建也。壁间有五百罗汉画像，金粉脱落，而神采焕然，洵明季高手。惜为近时俗笔重描，失其真面目，不免蛇添足、狗续貂之叹。时湘维为什邡令，洗刷之功，不无望焉。同行袁生，请纪以诗，并限"家"字。因索笔成八韵，与山僧饭讫而去。时癸丑六月二十一日也。

殿敞花偏丽，楼高树不遮。
九层通日月，四野聚烟霞。
青草蛙为国，苍松鹤作家。
客来供苦茗，僧解饭胡麻。
古井何时塞，波嵛后嗣夸。（自注：僧言寺为波嵛祖师创。）

割缘须慧剑，应梦舍腴畲(shē)。
壁有名人画，描经俗手瑕。
谁能重刷涴(wò)，贤尹定无差。

江涨二首

其一

迷离烟树认难真，水涨东西不得津。
何处酬神金鼓震，褰（qiān）裳多少过江人。

其二

不是贪游久不还，故乡鸡犬不曾闲。
朝来接得城中信，里派添追马价钱。

水蜡烛

竟是天生烛，居然照满川。
任风吹不熄，经雨湿仍燃。
红影摇波直，青藜逐浪圆。
三条思往事，天禄愧当年。

武侯祠

南阳原是一名儒，鱼水君臣万古无。
孺子不才非治命，托臣讨贼是良图。
心悲王业三分鼎，力尽偏安六尺孤。
绵竹双忠俱血食，可怜累世为捐躯。

忠武岳王庙

何须洒泪向西风，名将为神少善终。
铁骑竟当追虏穴，金牌原不出深宫。
狱成片纸千秋恸，名冠中兴四将功。
毕竟是非经论定，一编青史表精忠。

和张玉溪见过游南村别业四首

其一

水绕孤村四面流，隔溪修竹径偏幽。
维驹客已临门口，叱犊人犹在陇头。
君至已惭重写凤，我生原是一浮鸥。
相逢不用多相嘱，万事今如不系舟。

其二

倒屣谁能使我迎，非君问渡任舟横。
林间鹁妇欣携偶，架上鹦哥解唤名。
饭赤却疑霞作伴，茶甘终让露为兄。（自注：是日饭
供红谷。）

晚来携手楼头坐，要看三更海月生。

其三

门长荒苔一径斜，如何强半不还家。
风残荷叶空存柄，霜打芙蓉卧放花。
闲领琴僧伴风月，时邀道友话烟霞。
十年林下归来晚，自泛渔舟着短叉。

其四

水居合唤小蓬莱，绿槛朱楣一一开。
不羡有官居殿阁，尚非无地起亭台。
池边抚掌鱼同跃，松下高吟鹤不猜。
除却能诗玉溪子，问谁应上此楼来。

小筑四章章十句

其一

水竹之居，吾爱吾宅。
松阴为幕，草茵为席。
径自我开，苔鲜人迹。
诗喜陶潜，啸学阮籍。
乐天安命，自适其适。

其二

与其看花，不如看竹。
与其树人，不如树木。
万挺临门，千章绕屋。
堤柳垂钓，桐窗展读。
伊与谁邻，吾尚未卜。

其三

谁谓我贫，食不但韭。
谁言翁醉，意不在酒。
懒即曲肱，事无掣肘。
陶情丝竹，适性花柳。
问我何名，灌园老叟。

其四

生虽山居，能知水乐。
愿作泛凫，不逐野雀。
有船有书，有琴有鹤。
背山筑楼，临流起阁。
老渐当头，收我游脚。

看云楼

昨日山中来，又向山中去。
遥指山头云，我在云深处。

玄武山二首

其一

玄武形成龟与蛇，我来登磴日初斜。
虎头粉壁今何在，化作云山一半霞。

其二

大雄岩下碧潭清，如弹如拳细石生。
天付巧工琢棋子，看人黑白角输赢。（自注：山下潭
中产黑白花石，邑民琢为棋子，以售好事。）

西桥水（并序）

西桥水，中江西门江也。至绵州来，经罗江县，至
此始可舟。古巴歌云：豆子山，打瓦鼓。阳平关，撒白
雨。白雨下，取龙女。织得绢，二丈五。一半属罗江，
一半属玄武。即此水也。桥不知圮于何时。而罗江东门
桥，为邑令杨周冕所建，今亦圮。因为作歌。

白龙昨夜嫁龙女，狂风骤雨忽他徙。
珠奁百宝俱随行，遗下匹绢化为水。
此绢龙女亲织成，二丈五尺曾量清。
冰绡（xiāo）尽是鲛人泪，谁家拾得宁容情。
即遣雷电下索取，半属罗江半玄武。
两家相争不肯还，并造双虹镇江浒。
白龙勃怒雨师行，豆子山前瓦鼓鸣。

倒卷双虹入海去，年年渡口无人行。

绢归龙宫波涛止，一桥方成一桥圮。

君不见玄武西桥已如此，罗江东桥又如彼。

甲寅九月十四日中允余秋室（集）、副郎中范摄山（鳌）典试蜀闱。榜发回京，道过绵州，枉驾见访。适余游中江不值，以书问讯，兼寄所画兰扇，并索《函海》。作二律答之

其一

庶子春华久擅名，新闻到蜀柄文衡。

出京方识词臣贵，入里群惊乡（自注：平声。）宦荣。

画里芳兰君子赠，手中纨扇故人情。

平生颇有名山业，不遇名人不肯呈。

其二

虽在林泉不在家，一年强半客烟霞。

行踪颇似孤山鹤，尊大休嗤井底蛙。

似我非逃高士竹，惜君未识故侯瓜。

深惭李部天文浅，未得观星候使车。

初六日偕何九皋（人鹤）河村观灯

不到元宵已管弦，况逢狂友更欣然。

虽无宝马香车逐，都把山猿野鹤牵。

赢得春盘先到口，偷随年少共摩肩。

明朝定有人传说，两个诗翁老欲颠。

二月三日至团堆坝访孟时三丈，适入山寻药不遇。见叶赞之（天相）、毛殿飏（德纯）两秀才携尊邀至梓潼宫观剧，底暮尽欢而散

故友携尊枉驾过，一厾同佛听笙歌。

山中客去寻知母，江上人来得刺婆。（自注：蜀谓鲈为刺婆鱼。）

古寺僧稀松叶少，戏场人散蔗皮多。（自注：甘蔗冬窖春卖，儿妇尤喜啖之，戏场为甚。多嚼其汁而弃其皮与渣焉。）

十年不到团堆坝，白发看看奈老何。

春 游

莫问山巅与水涯，农夫相见话桑麻。

从吾所好丝兼竹，匪我思存酒与花。

拄杖抛来行尚健，软舆到处便为家。

无官却有君知否，布被朝朝放旱衙。

连山舟行四首

其一

连山水竭渐成汀，傍水渔家户半扃。

艇载鸬鹚人载艇，一肩风过满江腥。

其二

舟小须防重载沉，中舱只着二三人。

忽然大噪舟全覆，赤脚行江更爽神。

其三

讴歌载道亦堪听，乃是村中演小伶。

水涨烟田苗尽紫，岸崩土饼草犹青。

其四

船行两岸似飞还，芦荻齐天恨不删。
闻有好山名未好，炎天飞过火盆山。

游连山观涌泉

混混茫茫涌不休，闸为塘堰放为沟。
不知蛟掉多长尾，见说牛沉已数头。
滚滚珠玑千亩灌，村村䆉稏（bà yà）万家收。
天公狡狯（jiǎo kuài）殊难测，能使民愁亦解愁。

河村杂诗

其一

今年夏雨太纷纷，一望河村绿似云。
莫道农夫书不读，秧田井字插成文。

其二

菱溪冲雨过茭溪，隔树谁家叫午鸡。
松径泥深人未到，忽然返照竹林西。

河村戏场（并序）

村间以戏酬神，谓之戏场，见陆放翁诗。所谓雨足丰年有戏场也。时方五月，河村演青苗戏，余往观之。遇雨，宿曹大姑家。适社首送腰台至，遂大醉书于壁间。腰台者，社首于优人午台住演时，以酒肉相劳之名也。

本因祈雨酬神戏，翻为雨多酬不成。
赢得豚蹄兄妹共，腰台多谢社翁情。

南 村

南村乐事我能知，布谷催耕早架犁。
秧束即将秧当草，竹林多折竹成篱。
鸭雏生以鸡为母，农夫心将犊作儿。
待得秋收婚嫁起，家家妇子乐熙熙。

二月十八日宿张可恒医室

一间药室两间床，刚卧童山一老狂。
只恐壶庐装不下，长身挤坏费长房。

燕子曲

（自注：在德阳作。）

其一

朝见燕作窠，暮见燕生子。
子成已飞去，客犹在堂里。

其二

燕子在梁上，客子在梁下。
同是借居人，相看莫相怕。

其三

高居避鼠猫，哺食觅虫蚁。
可怜燕一生，辛苦只为子。

其四

燕子家何处？双来亦双归。

如何独居客，不得效于飞。

睢水关

风声兼挟雨声骄，河下滩声夜夜朝。
闻道山中新有虎，望儿不惮隔山瞧。

清明偕玉溪础儿至醒园

醒园常见人来醉，试问何人号独醒？
大抵百年俱传舍，何堪山径剩危亭。
洞无人至空延月，壁有诗题半使星。
惟虑柏根抛废圃，顾儿不觉屡丁宁。

困园假山成二绝

其一

困园本是水为国，安得云峦慰眼枯。
黄鸟生成老夫客，飞来便喜止邱隅。

其二

有石玲珑似太湖，天涯海角此峰无。
蜉蝣不识山移至，犹识槐安是故都。

夏日村行十绝句

其一

日上平林似火燃，草根珠露尚涓涓。
偶来细径携筇过，无数蛤蟆跃入田。

其二

暑天处处火云蒸，喜见云晴雨又兴。
自是近年蔬米贵，兼将豇豆种禾塍（chéng）。

其三

携得解人何体斋，随身笔砚早安排。
每逢水际听莺去，不觉穿林到界牌。

其四

四面山光扑翠微，出门处处斗芳菲。
蜻蜓也有随游兴，故向前途导客飞。

其五

忽见青苗苞渐抽，今年不患不丰收。
稻花最怕狂风雨，暗祷天公镇石尤。

其六

沙钻袜底水钻鞋，不用人扶岂用伲（yǐ）。
莫道村行无好处，隔溪一朵槿花开。

其七

秧田缺处水争鸣，尚似春耕水不平。
我晓水声无别意，稻黄该让水长行。

其八

榉柳当天日正中，浓阴也算小苍穹。
乘凉不用蒲葵扇，享受人间自在风。

其九

叩门得遇好邻居，一碗清茶一火炉。
便有老农来共语，裸裎袒裼（tǎn xī）讲唐虞。

其十

刘家五尺小书童，见我如逢圯上翁。
揖人董帷深处坐，今番不怕蟆蚊虫。

七月初一日入安县界牌，闻禁戏答安令

其一

言子当年宰武城，割鸡能使圣人惊。
前言戏耳聊相戏，特送弦歌舞太平。

其二

昔日江东有谢安，也曾携伎遍东山。
自惭非谢非携伎，几个伶儿不算班。

耳鸣二首

其一

六十应当耳顺时，今逢又五耳难提。
昨宵蚁斗闻牛斗，错怪谁家牧犊儿。

其二

偶临树下复溪边，总觉蜩鸣嘒嘒（huì huì）然。
借问旁人闻见否，方知是我耳中蝉。

囷园雨多屋塌，重修将竣示诸工

今年秋雨太滂沱，栋折榱（cuī）崩水没禾。

不立岩墙从古少，坐于涂炭只今多。

馒圬（màn wū）易觅王承福，种树难寻郭橐驼
（guō tuó tuó）。

笑谓梓人何乃速，杨潜可是汝师么。

筑墙行

墙坏何不筑，恐夺农时忙。

墙纡何不端，恐侵他人疆。

每怀箕季语，居官诚宜详。

我今身已退，两事应可忘。

不意今年夏，连旬舞商羊。

前墙圮未补，后墙复丽殃。

每逢一日雨，倒墙三丈长。

倘复雨十日，万丈未可量。

墙坏不足惜，所惜瓦毁伤。

窃恐万人陶，不足供所偿。

况复多萑苻（huán fú），新春已失防。

朝来觅圬者，依式修我墙。

祇各守经界，幸未届稻黄。

不知何伧（cāng）父，假称欠彼粮。

与墙风马牛，亦学当车螂。

试问乃同族，解赠曾倾囊。

箕季如处此，当复用何方？

贼首王三槐，谁言皆醇（通"淳"）良。（自注：
贼首王三槐，达州人，与罗其清、其书等倡言官逼民反作乱。官兵征剿，
三年始就擒解京。嘉庆四年二月十五日，俱磔于市。）

乙未重阳二首

其一

蓼谢荷残久未来，困园今始破苍苔。
菊花也解高声价，偏到重阳不肯开。

其二

半天亭子截云霞，四面峰岚树不遮。
忽见草中开紫菊，不知错认野棉花。

重阳后一日登半天亭

一枝藤杖蹑云根，前有儿扶后有孙。
昨日茱囊都不带，今朝菊酒尚盈尊。
云开屋后山如画，雨落岩前水似奔。
道我童心君不信，看余老尚学埋盆。（自注：今年雨水较多，自七月至九月重阳后一日始晴。）

寄墨庄弟（并序）

墨庄由检讨改中书后，心平气和，无向时拔剑张弩之态。其论古亦多折衷前贤。奉使琉球，自书大门帖对联云："立定脚跟，从吾所好；放开眼界，与物无争。"然余以为"从吾所好"，则未知所好之是否也；"与物无争"，则未知所争之当否也。所好，是如仁义礼智，此可好也，否则放僻（通"辟"）邪侈，流连荒淫，亦可好乎？所争，当如忠孝廉节，所必争也，否则权奸误国，伤风败俗，亦无争乎？余作一诗戏之云。

立定脚跟须择步，放开眼界看施为。

人间多少当行事，做出来时始见奇。

书冢二首（和唐子范韵）

其一

不使坟埋骨，偏教冢葬书。
焚如秦政虐，庄似陆浑居。
人火同宣榭，藜燃异石渠。
不如竟烧我，留我待何如。

其二

雪绛楼成烬，天红瓦剩坏。
半生经手写，一旦遂心灰。
獭祭从何捡，龙扛漫逞才。
读书无种子，一任化尘埃。

洗墨池赠文昌宫道官刘阳义诗四首

其一

何处乘凉有好风，旁人指点说城东。
紫薇一树燃如火，映得云霞八面红。

其二

不是仙居安有岛，原来活水积成池。
问谁洗墨无人识，莫认扬雄又到兹。

其三

点铁成金闻有指，说黄道白岂无心。
不知七七遵何术，顷刻花皆滴滴金。

其四

道家本与蓬莱近，见尔微嫌尚作官。
我已抛官久修道，时人犹当翰林看。

十一月初三日小万卷楼成

朱昂小万卷，我老岂其人。
万卷天收去，幸犹留老身。

叹 老

人寿虽百年，一看一回老。
草生虽一年，一看一回好。
草能转春色，人不回春荣。
一去少不来，百病来相攻。
我愿人到老，求天变作草。
但留宿根在，严霜打不倒。

附：《清史列传·李调元传（附李鼎元、李骥元）》

清史列传·李调元传（附李鼎元、李骥元）

李调元，字羹堂，号雨村，四川绵州（今罗江县）人。乾隆二十八年（1763年）进士，散馆授吏部主事。三十九年（1774年），充广东乡试副主考，寻迁考功司员外郎。四十一年(1776年),以议稿涂押,为舒阿填入浮躁。上询其故,尚书程景伊以对。上曰:"司官有不安于心者,向例原准不画押,如何便填大计。"因询居官何如,景伊以办事勇往对,奉旨仍以员外郎用,即日到任。旋奉命督学广东,任满回京,擢直隶通永道。以劾永平知府,为所讦,罢官,遣发伊犁。寻以母老赎归。少聪明好学,父化楠宦浙中,调元往省,遍游浙中山水,遇金石即手自摹拓,购书万卷而归。由是益奋于学,自经史百家以及稗官野乘,靡不博览。群经小学皆有撰述。性爱奇嗜博,以蜀扬雄多识奇字,明杨慎亦有《奇字韵》之纂,乃博稽载籍,凡字之奇而名不经见者,依类录之,为《奇字名》十二卷。以王象之《蜀碑记》多阙略,著《蜀碑记补》十卷。又以王士禛《五代诗话》遗佚颇多,因广为采集,于姓氏下缀以小传,著《全五代诗》一百卷。

生平宦迹所至,辄访问山川风土人物,其有为古人所未志者,即笔录之,以为谈资。官通永道时,值四库馆开,每得善本,辄遣胥录之,因辑自汉迄明蜀人著述之罕传秘籍,汇刊之,名曰《函海》。其表彰先哲,嘉惠来学,甚为海内所称。所为诗文,天才横逸,不假修饰。少以《春蚕作茧诗》,受知于钱陈群,又曾作《南宋宫词》百首,论者谓不亚于厉鹗。朝鲜使臣徐浩修见其诗,以为超脱沿袭之陋,而合于山谷、放翁,极为敬服,因作启求其他著述而去。又爱才若渴,人有一联片语之佳者,辄为采录。罢官后，家居二十余年，益以著书自娱。蜀中撰述之富，费密而后，厥推调元云。著有《易古文》二卷、《尚书古字辩异》一卷、《郑氏尚书古文证讹》十一卷、《诗音辩》二卷、《童山诗音说》四卷、《周礼摘笺》五卷、《仪礼古今考》二卷、《礼记补注》四卷、《月令气候图说》一卷、《夏小正笺》一卷、《春秋左传会要》四卷、《左传官名考》二卷、《春秋三传比》二卷、《逸孟子》一卷、《十三经注疏锦字》四卷、《卍斋琐录》十二卷、《通诂》二卷、《剿说》四卷、《诸家藏画簿》十卷、《诸家藏书簿》十卷、《赋话》十卷、《诗话》二卷、《词话》二卷、《曲话》二卷、《六书分毫》二卷、《古音合》三卷、《淡墨录》十六卷、《制艺科琐记》四卷、《尾蔗丛谈》四卷、《乐府侍儿小名录》二卷、《唾余新拾》十卷、《续》十六卷、《补》十二卷、《井蛙杂记》十卷、《南越笔记》十六卷、《然犀志》二卷、《出口程记》一卷、《方言藻》一卷、《粤风》四卷、《蜀雅》二十卷、《粤东皇华集》四卷、《童山诗集》四十二卷、《文集》二十卷、《蠢翁词》二卷、《童山自记》一卷、《罗江县志》十卷。

从弟鼎元、骥元，俱有诗名，时称"绵州三李"。鼎元，字墨庄。乾隆四十三年（1778年）进士，改翰林院庶吉士，散馆授检讨，改授内阁中书。嘉庆四年（1799年），充册封琉球副使，官至兵部主事。鼎元天才奇伟。筮仕后，以索米不足，远游江海，所过名山大川，每藉吟咏以发其抑郁无聊之气。所为诗风骨高峻，奉使诸作，尤推豪健。兄弟中称白眉焉。青浦王昶见其诗，亦以为三吴士大夫，莫能或之先也。著有《师竹斋集》。骥元，字凫塘。乾隆四十九年（1784年）进士，改翰林院庶吉士，散馆授编修。六十年（1795年），充山东乡试副考官，迁左春坊左中允，入直上书房。以劳瘁卒官，年四十五。骥元性情笃厚，学务根柢。未弱冠有文名。会试出献县纪昀门，昀谓人曰："吾今科所取，皆读书人，而首推者，实雨村之弟骥元也。"其为时所推重如此。文简古，学韩柳，诗学大苏，有奇逸气。时谓与鼎元可称"二难"。著有《云栈诗稿》。

李鼎元和他的诗

在"罗江四李"的诗歌鉴赏与普及工作中,人们很少关注李鼎元的诗歌作品。其中原因,大概是他的《师竹斋集》在嘉庆初梓行以后,虽曾再版,但目前仅存于国内极少数图书馆,一直没有通行的校注普及本、选编本,因而欲得一观就变得较为困难。对于这位清代乾嘉时期闻名全国、诗歌创作卓有成就的诗人来说,这确实是比较让人遗憾的。

李鼎元(1749—1815),为李化楠侄,李调元堂弟,李骥元胞兄。字和叔,又字味堂,自号墨庄。《清史列传·李调元传》附有"李鼎元小传",载"乾隆四十三年(1778年)进士,改翰林院庶吉士,散馆授检讨,改授内阁中书。嘉庆四年(1799年),充册封琉球副使,官至兵部主事"。他一生因出使琉球,撰写《使琉球记》而知名于当世,诗名却因此而被掩盖了。

李鼎元学诗,不宗一家,而是师法唐宋名贤,自成一格。与他同时代的著名学者、诗人王昶认为李鼎元学诗得益于杜少陵最多,"君之诗,自曹刘以逮高岑,下至韩苏,无不仿,亦无所不似,而得之少陵者最多。其意激昂而慷慨,其格突兀而清苍,其辞轩豁而呈露，雕镂刻琢不伤于巧"(《师竹斋集·王昶序》)；诗人冯培认为李鼎元"自少陵香山以及坡公皆所师法，而自成杼轴"(《师竹斋集·冯培序》)；诗人法式善则认为李鼎元诗学李太白，"和叔少年以太白自命，每下笔辄作太白想"(《师竹斋集·法式善序》)。

《师竹斋集》是李鼎元亲定的自选诗集，共十四卷，收录古今体诗1234首。书前三序。一为嘉庆四年己未(1799年)三月青浦王昶序；二为嘉庆四年己未(1799年)仲冬愚弟元和冯培序；三为嘉庆七年壬戌(1802年)孟春馆后学柏山法式善序。据此可知，李鼎元《师竹斋集》的刊行前后准备了数年，正式刊行于1802年后。

《师竹斋集》每卷前署"蜀绵李鼎元墨庄氏撰"，起于甲申(1764年)，止于庚申(1800年)，收录了李鼎元15—51岁间的作品。值得注意的是，李鼎元将庚申使琉球所作244首诗分为三卷，说明他对这次出使的重视，也为我们研究清代中叶的中琉关系提供了极其珍贵的第一手资料。

《师竹斋集》所收作品，大致可以分为三个阶段：一是李鼎元入仕前(青少年时期至中进士，15岁—29岁)，书写川西田园风物；二是入仕后(29岁—50岁)，书写二十余年的宦游生活；三是出使琉球(51岁)，诗人不但达到人生事业的高峰，也达到了一个创作的高峰。现对诗人三个阶段的创作做一简要梳理。

一、入仕前对乡村田园生活的书写

据李调元《童山自记》载，李鼎元8岁时，曾经短暂地与其父李化樟、从兄李调元往伯父李化楠所在的浙江秀水任所求学，但是第二年即因祖父病故回蜀，后受业于伯父李化楠，居乡读书。20岁时，参加是科乡试，不中。22岁时，参加是岁乡试恩科，中乡试三十二名，是年冬即北上参加第二年礼闱不中，旋即返乡读书，后主讲涪江书院。27岁再赴京参加礼闱，又不中，于是驻京读书。直至29岁，中戊戌科第三甲第一名进士，进入翰林院。《师竹斋集》中，从《甲申偕龙山二兄读书环翠轩。每薄暮，共持乐天诗暗诵十首，约过目即掩卷取灯录之。率为常课。一日大人偶见，笑以为痴。承命口占》开始，至《蒙圣恩受庶吉士恭纪》止，一共160余首诗，就是反映这一段生活的。其间，李鼎元留下了不少描写罗江风土民俗、田园生活的作品，特别值得我们学习和珍视。其代表作有《我爱南村好十首》《田家杂兴》（组诗）等。

这个时期，李鼎元还写了一些寄情山水、唱和应答的篇什，浓墨重彩地写了伯父李化楠新建的私家园林——醒园。他沿着李化楠、李调元至京会试的路线，写了许多关于秦蜀古道的诗歌。这些诗，可以和其他"三李"的诗相互参读。

二、入仕后对壮游与仕宦生活的书写

李鼎元29岁考中进士后，开始了近四十年的宦游生活。《师竹斋集》收录了他入仕后二十二年间

（1778—1800）的作品（因出使琉球的特殊性，1800 年的作品单独简述），这类作品大约有 800 首，是《师竹斋集》的主要部分。

二十余年间，李鼎元曾长期在翰林院任职，后改授内阁中书，不久升为宗人府主事。其间，他为身陷囹圄的李调元办赎，壮游齐鲁、江浙；丁父忧返蜀，与李调元同游峨眉，自游荆楚。翰林院本为清冷官署，李鼎元俸禄仅供一家糊口。他性情耿介、为人刚直，遇事直言不讳，无所顾忌，不为当世权贵所容。这时期的诗，值得注意的是他的近 400 首山水行旅诗，大约占其诗歌总数的三分之一。王昶说他"由齐鲁入吴越楚，奔走辄数千里。又往还蜀道，足迹几遍天下。耳目所见，与山水所历，结轖而不能平，往往于诗发之"。所以法式善说李鼎元的山水诗"模山范水，特其辞之寄也"。

李调元《童山自记》："三月游彭县法藏寺，寺为白牛和尚道场。至家时，墨庄丁叔父香如忧，扶榇归里。五月，同墨庄游峨眉山。"这一年为乾隆五十四己酉（1789 年），李鼎元 40 岁。父丧事毕，李鼎元有了难得的闲暇，即与李调元同游峨眉。他先后创作了《闰五月邀雨村游峨眉和述怀三百韵》《伏虎寺》《凉风桥》《华岩寺》《大峨寺》《中峰寺》《双飞桥》《雨》《赋得山中半雨半晴时辘轳体和雨村韵》《华严顶》《题雨村画盆梅雨竹二绝》《钻天坡》《白云殿》《白龙池》《佛灯歌》《佛光歌》等描写峨眉秀丽景色的诗歌，把读者带入了一个瑰丽奇异的世界。

二十余年间，李鼎元还写了大量的反映清代中叶社会生活、风土民俗的诗，也写了不少酬唱应答、咏史怀古的诗。根据学者的初步分类，包括社会民生与民俗诗198首、山水行旅诗389首、赠答送别诗179首、咏史怀古诗33首、题画诗25首、论诗文诗6首。这些诗，从某个角度来说，既是李鼎元的"诗传"，也为我们了解清代社会打开了一扇窗口。

三、出使琉球时对海外风俗民情的书写

李鼎元出使琉球所作244首诗之所以单独提出来，是因为琉球书写是明清诗人很少或者没有条件涉足的领域。它不仅是诗，更是"史"，可以与李鼎元的《使琉球记》参读，反映了清代中叶国人对中琉关系的认识。

远航琉球（中山国）担任封使，既是国家使命，也是个人殊荣。明清两代，中琉册封关系存在了近五百年，成行的有二十四次。这些使臣，撰写实录、诗文，翔实记录自己的出使经历、感悟，生动地再现了琉球的国家形态、政治生活、地理民俗、物产风土。李鼎元的记录是其中卓异特出者。他留下了六卷实录文集《使琉球记》、三卷诗《使琉球诗》（即《师竹斋集》卷十二、卷十三、卷十四）、两卷汉琉词典《球雅》（又名《琉球译》）。这些留下的第一手资料，不但生动翔实，而且可信度极高。

这次封使到琉球，距离上次全魁、周煌册封尚穆已经过了四十余年。乾隆五十九年（1794年），

琉球老国王尚穆薨，世子尚哲先七年卒。世孙尚温于嘉庆三年（1798年）遣使进例供，并上表请袭封。嘉庆帝命在"内阁大学士、翰林院掌院、都察院、礼部堂官"中选取学问优长、仪度修伟者为正副使。当时入选者14人，嘉庆帝定赵文楷为正使，李鼎元为副使。赵文楷（1760—1808），字逸书，号介山，安徽安庆府太湖县人，嘉庆元年（1796年）状元，时为翰林院修撰。

据李鼎元自己的记载，这次在琉球国，勾留五月有余。"（1799年）八月十九日引见，得旨，贰修撰赵文楷以行。庚申（1800年）二月出都，四月抵闽。……五月七日自闽开洋，十二日抵中山。十月二十五日自中山开洋，十一月朔日归闽。来去皆六日。"

三卷诗以《谒天后宫》始，《舟行三绝句》止，基本上与《使琉球记》的时间吻合。从《航海词二十首》《寄生螺》《沙蟹》《海胆》《龙头虾》《海蛇》《毛鱼》《石距》《家蔬鱼》《石柏》《石芝》《中山杂诗二十首》《琉球草木诗二十四首》《中山土物诗五首》《童子舞歌》《踏板戏歌》《琉球宝刀歌》等的诗题来看，李鼎元已经为我们展示了一个别样瑰奇、令人遐想的海外世界。

李鼎元使琉球诗的代表作是《中山杂诗二十首》。诗中写琉球土地瘠薄，民风淳朴；国史悠久，兵邢（通"刑"）不备；宾至不迎，贵贱同衣；市集不争，衣少丝罗；能歌善舞，戴筐而驰；席地无床，佛桑似火；鱼飞雪浪，海气多腥……这些都是陆居的诗人们没有看过的景象。

出使琉球，时间很长，李鼎元在琉球国一共驻留五月有余，168天。完成册封大典后，他有更多的时间结交琉球名流，游历当地名胜，记录琉球风土民情。从《中山杂诗二十首》来看，诗人的观察细腻独到，感悟敏锐深刻。

居琉期间，李鼎元还完成了汉琉词典《球雅》的编撰工作。其《首里向公子（循师世德）过访》诗云："高阁窗开四面风，有人问字访扬雄。未嫌款洽方言异，犹幸文书海国同。树到日中无侧影，竹于世外见虚衷。漫言使者能敷教，正恐空樽笑孔融。"诗人生动地描述了琉球文士与册封使之间文化交流的场景。虽然语言不通，但是琉球官方文书使用的是汉文。口语难通时，或以汉文笔谈解围，这即是李鼎元编撰《球雅》的最主要方法。《使琉球记》中对此有详细的记录。卷三："因语法司官，择有文理通畅、多知掌故者，常来馆中，以资采访。是日，世孙遣杨文凤来，长史言其文理甚通，能诗善书。与之语，亦不能解，因以笔代舌，著字询其音义，并访其方言，文凤果能通达字意。"卷四："余作《球雅》，皆令杨文凤等著字注其音，复注其义，并将通俗等语，汇成册，令注本国语于各句下，就所注而辑之。字异而语同者合并之，无令重出，务在得实，以备一邦翻译。"有人说，李鼎元会琉球语，所以有条件编辑《球雅》，这是错误的。

对李鼎元出使琉球诗作，清人给予高度评价。法式善在《师竹斋集》序中写到，李鼎元因情深而诗壮，"或曰：和叔海上诗一变而为壮丽之音，殆其境有以发之耶？不知情既深矣，其才自壮"。洪亮吉在《北江诗话》中说："李主事鼎元诗如海山出云，时有奇彩。"徐世昌《晚晴簃诗话》评价他的使琉球诗："尝奉封册至琉球，纪其山川人物，蹊径一变，壮丽恢诡，尤擅胜场云。"学者王培荀认为："绵州三李，以墨庄为最。名鼎元，以翰林编修奉使琉球，论者谓其诗有拔地倚天之气。"《清史列传》说他："鼎元天才奇伟。筮仕后，以索米不足，远游江海，所过名山大川，每藉吟咏以发其抑郁无聊之气。所为诗风骨高峻，奉使诸作，尤推豪健。"李鼎元使琉球诸作，以其特别的书写内容、壮丽奇诡的意象、慷慨激昂的风貌，在清代诗坛具有了独特的审美价值。

总的来说，李鼎元在诗歌创作领域取得了多方面的成就。他是乾嘉时期闻名全国、扬名海外的著名诗人。他的诗，题材广博，风格多样，有自己独特的面貌，在清代诗坛占有独特的地位。《师竹斋集》是诗人对自己15岁至51岁共计36年诗歌创作的检视和总结（可惜的是诗人人生最后15年的作品散佚了，没有结集出版），对于研究诗人的生平行事、交游思想，以及乾嘉时期的社会风尚、文化生活、中琉交往都具有重要的意义。

李鼎元诗选

甲申偕龙山二兄读书环翠轩。每薄暮，共持乐天诗暗诵十首，约过目即掩卷取灯录之。率为常课。一日大人偶见，笑以为痴。承命口占

过目相期诵不遗，朝朝争胜夕阳时。
谁怜一卷开旋闭，父笑双雏黠也痴。
且共挑灯徐对簿，仍留剩墨待吟诗。
诗成忽见月轮上，偷向西墙画竹枝。

晚　钓

每逢下塾暂开颜，偷到前溪钓柳湾。
意不在鱼偏爱水，心原似鹤况依山。
笛声远近牛初下，树色朦胧鸟渐还。
坐话渔樵忘上饵，浮生又得片时闲。

晚行溪上

清溪如带绕龙门，晚步溪头腹自扪。
几片明霞红到水，一钩凉月淡无魂。
偶逢钓叟知鱼乐，忽见虞人学马奔。
莫漫好游兼好猎，离骚未熟且重温。

龙山登高

携酒上高山，山荆乍可班。
秋风吹客帽，远梦落松关。
樵子担云出，乌犍载月还。
醉从牛背卧，未觉牧童顽。

晚　兴

月破竹梢烟，阶除叠玉钱。
虫声依户冷，灯火向人煎。
心静书多味，霜清菊正妍。
忽闻宾雁过，秋士感华年。

鹦　鹉

橡栗及秋熟，山山鹦鹉喧。
只缘来路远，不厌好音烦。
寄食珊瑚架，祝人松竹轩。
凤凰翔万仞，正不在能言。

和石亭伯父山房即事四首

其一

小园亲炙趁闲身，抖却衣间一斗尘。
有月有花兼有酒，武陵真合醉渔人。

其二

扫得闲愁即是仙，春随花鸟醉林泉。
偶来池上观鱼跃，蹙破波心卵色天。

其三

有时望远上层台，畅好云山四面开。
雾散晓溪牛渡去，烟笼晚树鹤归来。

其四

梨花如雪柳如丝，正是蜂狂蝶乱时。
席上每留将尽酒，阶前常剩著残棋。

池上赋水面杨花

生憎柳絮太癫狂，桃李门前弄晚香。
飞雪铺毡才径路，浮家泛宅又潇湘。
鱼儿喁唵（yóng yǎn）光无定，荇带牵连势转长。
要与青萍争月色，横拖白练覆池塘。

罗江东门大桥歌步石亭伯父韵

长虹百丈架飞阁，东来紫气满城郭。
犀游高岸波初平，龙锁深潭潜不跃。
忆昔罗江多巨涛，渡船日折千张篙。
夏雨涨排云树下，秋风浪涌雪山高。
不特崖崩城角坏，行人往往葬澎湃。
白马关寒鬼暗啼，金雁桥空石成怪。
宰官十辈岂无良，坐愁功大但彷徨。
汲井几回惭绠短，望洋终岁叹川长。
滇南杨君为罗作，劝民买牛销剑锷。
服教畏神令易行，计亩均输空旋凿。
伐石西山辇万夫，筑城四面金汤如。
余力造桥成不日，落以天河众墨猪。（自注：落成日
大雨。）

礼赛阳侯散阴鬼，佛说阴功大如此。

鲸鲵徙宅神虬飞，鼋鼍报柱老蛟死。
从信罗江水似罗，百年安稳平不颇。
行人新过乐如何？呜呼！
行人新过乐如何！

漫　兴

景要逢时不在香，色能殊众便流芳。
杨花惯作三春雪，枫叶偏宜九月霜。
人世自多欢戚累，天工未觉剪裁忙。
等闲莫怨秋风冷，梅自殷红菊自黄。

送柴豹文先生公车北上

十年随绛帐，此日饯征鞍。
梅柳风初暖，关山雪正寒。
殷勤将别泪，珍重劝加餐。
杏发燕台日，书来慰所欢。

成都赠友

本乏穿杨技，空怜鲍叔知。
交亲荣辱外，情重别离时。
对食哀韩信，逢人说项斯。
一樽坚后约，肠断隔年期。

我爱南村好十首

其一

我爱南村好，临溪复背山。
竹箫鸣地籁，松盖耸云鬟。
清晓牛争出，黄昏鸭自还。

有田皆活水，稼穑不知艰。

其二
我爱南村好，人烟数十家。
孝慈封比户，耕读过生涯。
好客多鸡黍，寻春足酒茶。
最怜阡陌路，处处有梅花。

其三
我爱南村好，梨花二月香。
家家鸣社鼓，处处赛文昌。
人醉垂杨岸，牛眠斗草场。
农功初有事，春水一犁黄。

其四
我爱南村好，郊原三月时。
柔桑筐女问，短笛牧童吹。
最好清明雨，无边绿意滋。
秧针齐刺水，忙煞老农师。

其五
我爱南村好，茅檐修竹中。
潇潇晴带雨，习习静疑风。
当暑鸣春鸟，无冰与夏虫。
侬心原不热，况复住深从（通"丛"）。

其六
我爱南村好，秋来稼似云。
仓多来岁米，户少隔朝荤。（自注：蜀人呼肉为
荤菜。）

寡妇肩遗穗，贫儿醉早醺。
乡风真太古，它邑未曾闻。

其七

我爱南村好，前溪雨涨余。
芦边千罩猎，柳外一罾渔。
敬老开家宴，烹鲜剪夜蔬。
香粳新荐寝，欢笑动茅庐。

其八

我爱南村好，深秋草不黄。
菊分霜蟹味，桂剪月轮香。
报德惟田祖，登高有醉乡。
振衣千仞上，同辈几人狂。

其九

我爱南村好，初冬暖气回。
为牛寻旧社，祭虎滟新醅。
浅绿田间麦，深黄岭上梅。
蜀中原少雪，十月尚闻雷。

其十

我爱南村好，犹怜馈岁时。
庖丁先执豕，老父自煎饴。
闲月惟今夕，淳风到古羲。
终年耽乐事，村外少人知。

成都纪事

樗材也许滥儒巾，九试方惭第一人。

自是庸中容佼佼，敢从稷下说彬彬。
风回玉垒花初放，云起江城锦乍新。
故物青毡真见惯，眼前且喜慰双魂。

答友人问试武童骑射事

翁归文武未须嘲，一笑何妨学射雕。
踪迹偶同秦范叔，襟怀原许汉班超。
战场匹马几无敌，试席孤罴敢自骄。
箭欲叠双双不得，空教大戟气沈销。

纹江书院呈邑师杨古华先生

不是为贤侯，胡为负笈游。
春风当席坐，江月对窗流。
业类工居肆，情同鸟出幽。
可能开道路，谬许是骅骝。

洛城怀古

张任坟虽在，难寻金雁桥。
阴谋诚小就，王业未全消。
宫冷青羊瘦，关寒白马骄。
当年埋凤处，空叹羽翛翛。

即　目

县小当冲道，宁辞驿马疲。
羽书惟北上，星使半西驰。
水暖云生易，山高月上迟。
淡烟乔木意，只有剑南知。

读 书

偶得书中趣，他人恐未知。
春风花暖候，秋雨夜寒时。
细酌三杯酒，狂吟五字诗。
倦来何所事，良友一枰棋。

和古华先生文房四咏

纸

薄到无情处，先生用始奇。
万年存古籍，一卷得新诗。
色与霜争滑，光怜玉有脂。
试从秦后问，青史不惭谁？

笔

一自管城封，人人重此公。
获麟知圣厄，倚马见文雄。
区直何须辨，刚柔在得中。
最怜班定远，半世为伊穷。

墨

污白世同憎，惟君擅美名。
于人羞作吏，在客亦称卿。
小助蛾眉媚，频分雁塔荣。
相磨经十载，底事愧情浓。

砚

石友相随久，其贞我不如。

眼明双翠鸽，鳞集半池鱼。（自注：砚中物。）
凹处多藏墨，闲来辄就书。
问渠穿得否？结习正难除。

秋闱报罢

远山如画晚秋天，独自骑驴踏锦川。
颇愧囊无长吉句，空怜赋献陆机年。
稻田获后苗仍茁，枫树凋余叶尚然。
最是仆童愁不解，羡人先著祖生鞭。

不得龙山北闱消息却寄

林鸦归阵乱斜阳，掩卷常怀旧雁行。
无酒不同花下饮，有诗常其枕边商。
关山路远空望月，松菊心寒又见霜。
若到蟾宫应念我，几时听雨再联床。

田家杂兴

其一

余家起稼穑，田事识甘苦。
不力期逢年，如种未播土。
良苗秀无根，稂莠（láng yǒu）族其伍。
一岁已滋蔓，再岁尤跋扈。
翁如懒不治，场圃莫为主。
翁即愤欲治，根株那尽取。
纵贼在一日，贻害到千古。
乃知农可师，慎哉毋莽努。

其二

上农深耕田，地暖根亦暖。
下农浅耕田，人懒苗更懒。
欲识农勤惰，但课禾深浅。
深者穗一尺，浅者三寸罕。
穗长谷一升，穗短谷一碗。
同为百亩主，地道宁偏袒？
我仓何以歉，彼仓何以满？
请侬终夜思，来日应自勉。

其三

田家有贫富，田力有厚薄。
非关粪不齐，亦非力不足。
拙者岁一收，巧者贪三获。
嗟哉地力竭，岁渐不人若。
如人病初起，何堪再劳削。
如马歇未定，何堪再腾跃。
安贫拙有余，速富巧不足。
乃知贪巧苦，未若安拙乐。

其四

三春蚕事起，贫女忙采桑。
富女不知愁，买桑作蚕粮。
物力昧艰难，但恐蚕饥伤。
岂知蚕过饱，未老色先黄。
起看贫女蚕，作茧大于盎。
问何独能尔，答云无奇方。
饲之有常时，采之有常筐。
我闻三叹息，万事成有常。

醒园杂诗八首并引

余自戊子新春，邀蔡制亭茂才就醒园读书。兴至辄有吟咏。时方事举子业，不甚收拾。落地后于乱纸中拾得旧稿，因改存八首。以皆作于醒园，目曰"醒园杂诗"云。

其一

末日客先起，万缘清到心。
莺歌花径滑，蛙鼓稻田沉。
淡淡云生岫，昂昂鹤在阴。
飞腾如有意，为尔一挥琴。

其二

落日淡山影，松杉千丈长。
林鸦喧不定，檐雀噪还藏。
细剪兰心烛，微闻菜甲香。
饱余无个事，待月步东廊。

其三

清明坟墓近，尽室入家祠。
见我翻如客，当仁肯让师。
纸灰蝴蝶梦，心事鹧鸪诗。
痛哭泉台下，千茎剩一支。

其四

山缺月轮上，一窗花影疏。
看花神入画，爱月手摊书。
火不因蛾灭，心仍似竹虚。

达摩曾面壁，知我意何如。

其五

夕阳下翠微，缓步出柴扉。
水黑鱼争跃，山青鸟自归。
樵歌得诗趣，牧笛有禅机。
闭户无多日，杨花已乱飞。

其六

朝省南村去，归来日半竿。
愁多书未熟，身健路何难。
望岭云犹合，寻花露未干。
升堂良友问，为报竹平安。

其七

暑气避山林，南风吹我襟。
松涛常作雨，涧水自鸣琴。
本不因人热，惟堪抱膝吟。
夏畦多病者，何以慰侬心。

其八

独立最高处，目穷千里秋。
山连巴子国，江接越王楼。
逝曰真如水，当年早放舟。
会须附鹏翮，南溟续前游。

闻石亭伯父凶问

北雁传凶信，狂风折梁木。
推书自百踊，失声惟一哭。
忆我八岁时，还就姚江读。
维伯实爱我，谓我秀而仆。
饮食教诲之，至情胜鞠育。
儿痴不忍嗔，儿愚不忍扑。
中遭祖父忧，但恐儿废学。
择师遍浙右，自越延至蜀。
儿年日以长，伯恩日以笃。
别来近三年，书常月一束。
望儿捷秋闱，相期聚涿鹿。
痛哉愿未谐，弃儿亦何速。
人生难上寿，中寿固易卜。
天胡夺伯早，花甲未周六。
谓信或失真，恶梦偶然触。
纸上雨村血，曷为在我握。
哀哉理不齐，痛矣身难赎。
如伯循良声，竟未享大禄。
如伯忠恕心，竟不蒙厚福。
况儿本痴愚，成复有谁玉。
便拟烧笔砚，守墓逐樵牧。

纹江书院感怀

城南空忆友如云，痛哭吾宗筑室人。
当户碑移成驿传，升堂客散有鸿宾。
青山无恙惟招隐，碧草埋愁不再春。
惆怅夕阳肠欲断，百年身事总埃尘。

醒园遣怀

萧萧万木撼柴扉，无限风声怨落晖。
岂料阴成人易逝，尚怜路远柩难归。
将书北雁云生栈，正述东皇月到帷。
触处愁心无可遣，花前惟有涕沾衣。

醒园十咏

大观台

松柏围三面，台东俯万山。
江横象鼻岭，云锁鹿头关。
竹影当风净，花光坐月闲。
大观何得似，福地有琅环。

看云楼

楼踞山之顶，云生户牖旁。
直疑人坐蜃，独泛海中航。
远岫窗前绿，香粳雨外黄。
最宜秋晚眺，百里树苍苍。

临江阁

清绝临江阁，晨昏偶一窥。
岩寒飞蝙蝠，沙暖晒鸬鹚。
画意云常活，琴心水自知。
知音难再得，掩面哭钟期。

巢云堂

蜗庐当谷口，云入不思飞。

石罅流香乳，松崖闭落晖。
巢由真许卧，若客未须讥。
筑室人何在？归田愿已违。

筒　车

架木高千尺，凌空转辘轳。
筒排枯笋出，水作建瓴趋。
在渚闻宵雁，行天速画乌。
良田沾百亩，卧理可忘劬（qú）。

天然床

根到九泉香，蛇蟠十丈强。
大材归匠石，余事得匡床。
客至谈棋隐，仙来话醉乡。
天然高卧可，慎勿梦黄粱。

坐花馆

客与花同坐，花清客亦清。
直疑春有恨，未觉日无情。
拟化枝间蝶，兼听柳外莺。
一杯还对舞，来趁月三更。

木香亭

一架荼蘼馥，悠然得此亭。
窥人多小鸟，照字有流萤。
径拥松毛赤，阶连石发青。
坐来忘酷暑，漏日见星星。

听涛阁

小阁坐山腰，涛声不待招。

骤闻三伏雨，高枕一江潮。

鹳鹤心常警，风云气倍骄。

有材人自识，何用日嚣嚣。

洗砚池

磨墨人何在？空余洗墨池。

片云潭底黑，碎石雨中缁。

舞镜应无雉，支床尚有龟。

故书犹在壁，读罢泪双垂。

自成都趋至绵州迎石亭伯父柩二首

其一

二百里程穷日归，人生难得是亲知。

情当专至能无倦，心到伤深自不饥。

一恸真教成血泪，此身何处报恩私。

朔风烈烈（通"猎猎"）霜威紧，并入灵帷助我悲。

其二

哭罢灵帷喑弟兄，荒村月上近三更。

谈心略问风尘色，握手微闻哽咽声。

万里关山惟欠死，百年哀怨是戕生。

因言动我无穷感，廉吏难为楚相轻。

清明雨霁同雨村龙山作

伤心何处最关情？碧草如烟雨乍晴。

正是清明肠欲断，杜鹃声里哭苌宏（通"弘"）。

扫　墓

嘉树葱葱列，佳城郁郁重。

风声来谷虎，山势走云龙。

笾（biān）豆烝（zhēng）尝结，儿孙拜扫恭。

本源看木水，修省幸无慵。

病　项

生平顾盼诩风流，今日如何引项愁。

一笑聊同望夫石，任人千唤不回头。

和雨村醒园独坐二首

其一

人心不空洞，每为世事羁。

岂知事前定，废寝亦徒思。

请看岭上木，宁与栋梁期。

偶中匠石选，雕绘杂虬螭（qiú chī）。

又如蓝田玉，不受苍蝇缁。

久埋淤泥中，希白仍恐迟。

用舍非我为，土阶傲丹墀。

生死蝉蜕耳，逍遥鹏安之。

偏惭客不文，兼求歌类诗。

区区笔墨间，争胜亦何奇。

愿为沟中断，不材甘自知。

愿为石中玉，不器少人移。

但愁丰城剑，显晦尚有时。

束身须爱鼎，做事戒折枝。

吾祖有遗训，无为无不为。

其二

读书何必多，致身何必早。
先开必先谢，既往迹如扫。
天地岂不仁，功成难再造。
贞柏生亦孤，长江流不倒。
每笑愚妄儿，遇事辄求祷。
百年能几时，神仙不自饱。
况兹蒲柳质，乾坤一小草。
动云寿金石，茫然增烦恼。
万物有本性，水湿火就燥。
凫颈与鹤胫，长短各自好。
即如我弟兄，会岂期素缟。
梁木忽以萎，善人复谁宝？
心苦我辈知，外人那堪道？
嗟嗟夫何言，物壮则已老。

发南村

忆余八岁日，随父买南舟。
讵有四方志，别母不解愁。
归来近十年，温情近始谋。
儿长亲渐老，所戒惟远游。
何图窃一第，喜内藏隐忧。
蹉跎到残冬，逼迫上传邮。
有姊已适人，有弟赋好逑。
家贫百事难，此别宁不愁。
邻里趋来送，樽俎列道周。
对酒不下咽，热泪杯中流。
回头语妻子，克孝仗汝筹。
要先承志意，菽水胜珍馐。

离思寄何处？落日西山陬。

去去复何言，亲命不自由。

金山驿

此是当年磊落州，客来还问越王楼。

山分剑北云犹簇，江破城东水横流。

旧日埋金沙岸出，新乡割地邑人愁。（自注：新移州

治于罗江，割城东八里入梓潼。）

就中自大官惟判，也向民间说故侯。

礼闱报罢

又作燕台氉氉（mào sào）人，两年空负上林春。

功名太早原非福，腹笥难充却是贫。

失马常闻塞翁语，归心先渡左绵津。

蓬蒿未必穷吾辈，且著吟鞭慰老亲。

金山驿叠庚寅韵

青天险尽到绵州，先为郫筒上酒楼。

一二故人同月日，五千年事总风流。

淡烟乔木放翁意，碧瓦朱甍杜老愁。

来日怕归苏季子，相逢休问觅封侯。

归　家

鸡犬乱斜阳，游人释马缰。

亲怜儿面墨，尘洗客衣黄。

奔走惊邻里，从容话帝乡。

一杯刚在手，圆月上高堂。

醒 园

别来花木高三尺，浪走风尘又两年。
故榻尚悬诗在壁，新秋重醉酒如泉。
钓鱼矶冷生苔发，招鹤亭空迸竹鞭。
愿与青山常作主，不教牛马损荪荃。

除 夕

客中除夕最堪怜，今日重温馈岁筵。
李合本支三百口，瓜绵华胄五千年。
燕毛伯叔兼兄弟，荐寝敦盘杂豆笾。
三庙享还仍宴室，席间长忆大夫闲。（自注：此礼创
始于石亭伯父。）

元 旦

五更香火到祠堂，礼罢先人礼十方。
共道一生难报本，须知今日是初阳。
池边草色当门绿，岭上梅花入墓香。
酒尽提壶各归去，新年惟有贺春忙。

清 明

每届清明祭扫忙，敲钲击鼓赛猪羊。
桃分脂粉妆宗妇，柳拂旌旗署小郎。
一路看山青到冢，两年宦海白思乡。（自注：吾蜀有
白想之语，谓于事无济也。）
礼成忽动伤心泪，记得圈坟狱似霜。

冬至祭祖

先王报本传家礼，此夕宗支聚庙堂。
祭罢五更风不冷，时添一线日初长。
灰飞纸蝶山山白，腊绽梅花树树黄。
为道常年皆演剧，就中赢得小儿狂。

州主聘主讲涪江书院诗以示意

壮年敢好为人师，不道关书下有司。
□薄颇惭名易盗，家贫翻愧命难辞。
涪江水暖鱼龙集，富乐山高燕雀知。
尚爱绵州州磊落，群贤待我早春时。

涪江书院示诸生

一路寻春上左绵，春江绿到讲堂前。
诸生自昔闻韩说，蛾子谁教慕舜膻（shān）。
近砌有花还待雨，远山无树不攒烟。
斫（zhuó）轮我亦惭轮扁，好其磋磨莫论年。

观打鱼

城角滩深十丈余，年年三月打官鱼。
巨舟小筏排成阵，赤鲤青鲂载满车。
剩有常才分网户，也将数尾当园蔬。
怪来不敢歌长句，工部题诗至德初。

观 涨

甲午六月月三日，涪江夜涨银河溢。
连宵密云实无雨，深山雨大人不识。
四更月黑风声高，男奔女窜当街号。
但闻沙石走虚壁，不知性命何方逃。
朝来水势徙北关，城倒屋圮人无烟。
已见禾苗埋浊浪，更怜家室没黄泉。
饭甑尸棺杂然至，家豕野羊尽漂弃。
拍天一岭横云飞，排空万木游龙戏。
观者战栗愁岸崩，移时退步三丈零。
狂澜溅面衣全湿，沈雷震耳心尤惊。
忽讶有人投水急，须臾起向中洲立。
独捞浮木系磐石，梁栋大才（通"材"）俯如拾。
旁人争羡我凄怆，轻命重财安足尚。
淘金万口最堪伤，昨夜梦中鱼腹葬。

别南村

归来两载仍如客，解馆才归又北征。
题柱拟承司马志，别亲愁听暮鸿声。
某山某水抽身出，为蠖（huò）为蛇任运行。
不到十年休问信，这回端不负平生。

及门追饯于绵州渡口口占留别

诸君爱我饯江边，立马迟回懒上船。
酒过三巡坚后约，朋来一载是前缘。
云龙相逐非无愿，鸡黍要盟恐未然。
语罢停杯挥泪别，中流遥揖祖生鞭。

北征十四首

其一

连朝得得策疲骒，初惯长征可奈何。
每夜未眠腰欲折，侵晨强起梦还多。
銮声乍歇危崖出，灯影遥沉断涧过。
愁水愁山行不得，杜鹃声里费吟哦。

其二

最是晨征坐欲牢，岩深路黑石梯高。
风吹瘦骨强于箭，霜割寒肌利似刀。
老树从低疑鬼立，妖狐性警望灯逃。
几回颠踬（zhì）浑忘痛，直待天明血染袍。

其三

更是宵行断客魂，天寒烛烬道无村。
岩蹲似虎愁惊马，石瘦如牛欲偾（fèn）豚。
性命直疑鞍上寄，手鞭时向口中温。
盼来旅店归家似，定远生还入玉门。

其四

朝朝暮暮乱云堆，俯仰高低日几回。
身似轻帆吹浪出，骑如孤鸟破烟来。
猿声天上愁三峡，佛度人间忆五台。
无计铲平青嶂路，剑门城郭为谁开。

其五

才过几日觉身便，上下飞腾胜木鸢。
遇险渐能先马骒，得闲时复效牛眠。

山川自古无平理，筋骨从今有壮年。
心已忘劳途不恶，但逢胜地便流连。

其六

几辈名高太白颠，栈南栈北任跻攀。
嘉陵江出青峰阁，辟谷人归紫陌山。
圣德千年留凤穴，武功随地厄（通"扼"）雄关。
如何天险翻难恃，蜗角怜他似触蛮。

其七

听尽鹃声听碧鸡，岐山东去路频低。
帝王州近雄风在，百二关寒落日迷。
家食渭川千亩竹，谁封函谷一丸泥。
时平吏不讥行客，夹道青杨送马蹄。

其八

又过长安踏软红，唐时春色汉时宫。
诗传人日谁如义（自注：李义有和人日诗。），赋到甘
泉合让雄。

华岳三峰横郭外，黄河一发划关中。
江山自昔称形胜，立马终南问古风。

其九

路长尘软蹇驴知，坐困春慵梦也迟。
午日烘人疑中酒，横枝刺帽为敲诗。
垂垂稚麦青于鬈，蔟蔟（cù cù，通"簇簇"）稊
（tí）杨绿到眉。
若遇浩然应识我，夕阳驴背灞桥时。

其十

四扇潼关枕大河，清晨问渡靖狂波。
地邻唐国奢情少，人近文公谲（jué）意多。
五帝遗风今在否？三皇诞说竟如何？
历山已自无寻处，怅望中条一浩歌。

其十一

故友三年别路遥，范张鸡黍旧曾要。
高人自住王官谷，烈士长怀豫让桥。
此日登堂容拜母，前程许我会羲尧。
不知妙术通灵否，酒绿灯红话盛朝。

其十二

路入羊肠险又经，太行石色万年青。
雄关昨夜开金锁，覆辙何时出井陉。
李广数奇羞对吏，淮阴功大伏冤刑。
由来宦海风波恶，多少痴人梦未醒。

其十三

险尽滹沱古渡头，贫家麦饭市沙洲。
燕山易水环畿甸，明月清风绕定州。
礼佛未妨纤尺地，怀人不禁泪双眸。
那堪痛哭阿翁后，又哭阿戎筑小邱。

其十四

晨梳喜欲卸征鞍，步上卢沟晓月寒。
今日河流知永定，古来战地说桑干。
乍惊衣上尘微缁（zī），恰爱坊间户尽丹。

信是神京称富庶，肩摩毂（gǔ）击入长安。

雪

寒深三昼雪，客子正思家。
有恨都成泪，无根惯作花。
日光何处避，月色夜庭赊。
戒仆休全扫，红炉待煮茶。

良乡送雨村督学广东和留别韵

有师西向陕中行（自注：芷塘先生督学陕甘，眷口将
行。），兄又东征□海更。
似粟孤身惟自重，如云从骑为谁轻。
关山迢递（tiáo dì）雁难问，霜雪清寒鸟易惊。
一夕良乡将别酒，不堪肠断可怜生。

喜凫塘至

望子能来又隔年，父书跪读喜平安。
洗尘初市羊儿酒，绕砌新栽凤尾兰。
惟食忘忧空向热，易衣可出莫愁寒。
谒师访友寻常事，次第为君注说难。

南西门外观稻

我本农家子，香稻舍前植。
离家经几年，时复梦乡国。
窃闻燕赵地，土宜惟粟麦。
百官仰太仓，多借南船力。
今春玉泉东，瞥见数亩碧。
及秋出城南，云委丰台北。

故人别久逢，亲昵胜平昔。
徘徊不忍去，所爱非粒食。
爱此田中庐，似我南村宅。

读荆轲传

事败燕固亡，事成燕亦灭。
谋国不自强，谋人复何益？

燕台小诗二十首

门　簿

检点缁尘友，今年几个存。
路人浑不识，错认是龙门。

小　刺

刺大仅容名，居诠纸背清。
小童初问字，识否未分明。

门　神

何来小丈夫，傍人门户歇。
夜夜推出门，形影吊明月。

坐　褥

褥小仅容膝，入朝携个个。
何事仆童忙，官阶争一坐。

春　帖

春色上门楣，双红挂彩旗。
太平颂声远，海内一宵知。

谕 帖

朱墨乱题巾，公然令五申。
送穷穷不去，何用吓比邻。

封 条

人道京官苦，我言乐有余。
身闲无个事，告敕要亲书。

火 判

七窍自煎熬，寒焱（biāo）带月飘。
如何判阴事，心火未全消。

响 竹

破竹刚三尺，响动百蝇忙。
寄语作诗人，驱谗固有方。

蚊 帐

远害无多术，藏身在一床。
只愁藏不密，风火费商量。

蝇 拂

挥尘足风流，苍蝇扰未休。
眼前除不得，何暇为人谋。

风 门

乍启旋教闭，尘缘断此中。
可怜一篇纸，妒杀朔方风。

冰 嬉

履衔一片铁，滑韃（dá）势如飞。
君王恩赐厚，不敢爱双腓（féi）。

冰 床

恰受两三人，推行不容缓。
不怨北风寒，只怨东风暖。

冰 灯

层冰铸作灯，未许狂风灭。
寒心欺烛龙，通宵红不热。

冰 花

镂玉成春色，春心一点无。
海南人不识，道是白珊瑚。

冰 山

薰风吹汝寒，寒骨那能坚。
翻怜人向热，不信是冰山。

冰 窖

此地即寒谷，东风吹不温。
最怜当夏日，寸草也无痕。

口 琴

寸铁响何清，如丝带肉声。
小童无远志，让尔独铮铮。

镊 子

修容少妇宜，镊白老翁尚。
怪尔奏多功，不离人面上。

偶 成

全家三载住春明，菽水齑（jī）盐味最清。
阅世输人唯有让，知交论古莫嫌争。
闲栽花木关经济，倦把诗书敌酒兵。
白足缁尘僧挂锡，京华谁不愧官名。

除 夕

爆竹声声岁奈何，停杯听唱踏春歌。
室怜新妇贤无少，座爱双亲鬓未皤。
绕屋香来花供早，催租人至酒佣多。
身闲宦冷三除夕，至乐家庭只守和。

出 都

微禄虽云养，空文不救贫。
那堪羁宦子，又作远行人。
故里归何日，天涯寄此身。
殷勤余两弟，菽水共艰辛。

乌程署中寄怀凫塘四弟即用其送别韵

北风动地来，冀马思燕京。
触我思家念，如波不能平。
嗟余庶常弟，家计何营营。
父母都高年，甘旨须时呈。

儿女都稚弱，聚读如蛙鸣。
仰事并俯畜，家和身乃荣。
庭有万卷书，坐拥当百城。
胸中饱其味，能令风月清。
曾上凌云赋，时出金石声。
小人尚机巧，君子抱璞诚。
同辈几人贤，择交非不情。
我行历吴越，念汝数归程。
昨宵团圆梦，明月来逢迎。

元夕舟中

久客又春风，扁舟景不同。
近人孤月白，隔岸一灯红。
酒肆门犹闭，燕台信未通。
双亲知健否，定复盼归鸿。

发南村

我生四十余，强半客中过。
归来寻旧游，存者皆老大。
淳俗岂异前，所亲见饥饿。
某水及某山，陈迹叹牛磨。
出田话桑麻，入塾劝文课。
高兴即长吟，走索子瞻和。
月来得此乐，虽贫实堪贺。
此行何匆匆，将母愁无奈。
长安米薪贵，应门童两个。
弹指经三年，每念不能卧。
清晨趣仆起，行李或付驮。
举手谢亲朋，宦情今看破。

官爵为他人，我身乃奇货。
人生欲窥天，井底不可坐。

中山杂诗二十首

其一

海邦淹使节，问俗最关心。
人众土无旷，水多山不深。
有田惟种薯，是树少鸣禽。
怪杀蛟龙窟，淳风直到今。

其二

见说天孙氏，爱开海国图。
有神皆帝子，分类异盘瓠。
篡夺几惊世，兼并方剖符。
语言通得未，声教日沾濡。

其三

国有衣冠古，王今雨露偏。
兵刑何必备，礼乐未全捐。
济济官犹百，迢迢路几千。
可怜共顺意，膜拜学参禅。

其四

宾至不迎送，率真存古风。
酒肴随意设，谈笑许心同。
草鞯宽于屐，肩舆小似笼。
庶民犹朴陋，赤足首飞蓬。

其五

一簪男女别，都不着帏裳。
贵贱同衣履，供输少稻粮。
渔舟环绝岛，商贩仗危樯。
莫问生涯事，生涯在水乡。

其六

市集皆夷女，蓬头戴货行。
曳襟劳两手，稳步注双睛。
物以多为贵，人因贱不争。
问男何所事，非钓即躬耕。

其七

有布少丝罗，球人尽解歌。
中山官族盛，久米秀才多。
六六围群岛，重重撼大波。
居然称富庶，日本近如何？

其八

也染繁华习，偏忘相鼠讥。
舞僮多彩袖，土妓有朱衣。
但解当筵避，无劳举袂麾。
太平歌自好，咫尺凛天威。

其九

奥山及波上，游览最清奇。
石罅潮声透，松阴海气移。
球官垂带立，夷女戴筐驰。
须鬓霜如此，来观亦太痴。

其十

古刹如亭小，禅宫即客堂。
僧衣能断俗，席地可无床。
供佛惟花蕊，烹茶半雪糖。
此邦殊服食，何以慰愁肠。

其十一

幸有奇花木，能将远客招。
佛桑然似火，铁树挺于蕉。
野径多丛竹，人家隔小桥。
昼长无个事，步屧溷渔樵。

其十二

小艇荡秋风，心清与水同。
星光沉处少，山色倒来空。
鹭起晴沙上，鱼飞雪浪中。
此时天趣溢，树杪月朦胧。

其十三

空忆山南北，无人肯伴游。
村怜丝满好，湖爱许田幽。
荒草埋城堞，悲风出戍楼。
不堪凭吊处，明月照青丘。

其十四

海气入楼腥，停云肯暂停。
檐高惟聚雀，草茂只多萤。
书帙因风乱，诗肠对酒醒。
那堪愁夜永，雷雨撼窗棂。

其十五

僻甚东禅寺，花寻隙地栽。
背山松偃仰，对涧竹低徊。
僧少贪嗔气，人无尔我猜。
浮生闲半日，万虑一齐灰。

其十六

已作天涯客，能无世外情。
逢僧先说法，选胜即题名。
乘马驯番性，陪臣识履声。
和光仍混俗，忠信倚于衡。

其十七

朔望还须盼，烧香趁早晖。
球人知孔庙，舟子重天妃。
散步随黄帽，寻芳入翠微。
夜游先减从，骑马月中归。

其十八

多仆翻成累，无书更懒窥。
得闲惟赌酒，对客且围棋。
笛向风前吹，花从雨后移。
终朝寻乐事，事事入新诗。

其十九

往事何须说，球阳客未归。
暑残蝇渐少，秋浅蟹初肥。
设祭中元近，怀人夕照微。
西川云雾里，虽奋不能飞。

其二十

闻道谢封使，冬舟归路同。
翻怜东海客，犹趁朔方鸿。
愁态消眉宇，欢容看仆僮。
更从天后祷，先借一帆风。

附：《师竹斋集·法式善序》
　　《师竹斋集·冯培序》
　　《师竹斋集·王昶序》

师竹斋集·法式善序

　　蜀之山川，雄奇瑰伟，甲于寰宇。峨眉岷江之胜，绵亘萦回数千百里。是固宜有豪杰非常之士出焉。而萃其能于一家之中，则尤为古今之盛事。自晋杜氏轸烈兄弟同称于世，至宋苏氏轼辙、魏氏了翁文翁、张氏栻杓（biāo）以及李氏性传道传心传皆能以文章事业显，而李氏尤盛。

　　至于我朝，盖多以才杰著者。余所识，如王氏汝璧汝嘉、张氏问安问陶兄弟，皆以诗著。而和叔前辈与其兄雨村、弟凫塘，前后入翰林，并有诗名。然则李氏之盛，信不独于古为然耶？雨村诗久刊行，凫塘集余亦近为勘定。独和叔诗未获睹其全。兹从海外归，以《师竹斋集》俾（bǐ）余雠校，遂卒业焉。而后叹其才为不可及也。夫人之才，至不一矣！而唯能敦其性情于父母、兄弟、朋友之间者，其才为真才，而著之于辞，始足以使人反复之不厌以观。和叔其于父母、兄弟、朋友之间可谓深于情者矣。歌泣欣戚，皆发于不容已，而非有所勉强。故其诗直抒胸臆，豪肆横出，举人所不能达者，悉有以达之。至于模山范水，特其辞之寄也。以其辞之寄而知其情之深。然则读和叔之诗者，讵（jù）可悦其辞而不察其用意之所在也哉！或曰：和叔海上诗一变而为壮丽之音，殆其境有以发之耶？不知情既深矣，其才自壮。和叔即不过海，其壮丽自在。或又曰：和叔少年以太白自命，每下笔辄作太白想。吾谓古人不可以形迹求也，太白不自知其为太白，所以能成其为太白。斤斤然执一太白而摹仿之，曾不知太白性情之所在，则世之慕太白而袭取其辞焉者，其人皆太白也。

嘉庆七年壬戌（1802年）孟春，馆后学柏山法式善拜序。

师竹斋集·冯培序

蜀山水，为天下奇绝处。峨眉之高，锦江之丽，瞿塘巫峡之峻急，剑阁栈道之斗峻而纡峭，震心骇魄，莫可名状。九州之奥区无逾于此。力如五丁不能缒其幽;冤如杜宇,清如吟猿不能鸣其悲怨。吐其郁积,故必钟于人文以发之。昔者汉有长卿渊云,唐有太白,宋有三苏氏,騞华振箨,澎濞浤肆,与蜀地山川相为雄长。明代用修富擅才藻,亦堪骖靳。

我朝百数十年来,秀杰之士殆不乏人,而胸中奇绝之气,铿訇激荡,一发其山水之奇,足以追摄前贤者,吾得之于同年李君和叔。和叔与余同入词林,既乃先后改官,缔交二十余年矣!向但知其能诗,犹以寻常诗人视之也。迨今岁初秋,余因病请假,得取《师竹斋集》而遍读之。然后知和叔之为诗,本性情哀乐之真,合风雅正变之义。自少陵香山以及坡公皆所师法,而自成杼轴。其壮者,驱策风云;其细者,雕镂冰雪。呜呼!是岂漫矜诗豪者哉!

吾闻蜀中丹棱三彭者,文章有声,而张船山太史诗名噪于都下。三彭已往,吾不获与之接矣。船山识之,而爱其诗,然未读全诗。知船山不如知和叔之深也。蜀故多才,意必尚有未之识而未之知者乎?吾将就和叔问之。

嘉庆四年己未(1799年)仲冬年愚弟元和冯培拜序。

师竹斋集·王昶序

诗之为义，风雅颂而已矣！雅颂作于庙堂，而风遍于十五国。故子夏序诗，用之乡人，用之邦国。其言风者，独详乎风者，气也。庄周之言风曰："大块噫气，万窍怒号。"又宋玉之赋风曰："侵淫溪谷，梢杀林莽。"夫风，岂有异哉！行乎自然，发于其所不容已，故刁骚蓬勃，随所触而行之、声之，工与弗工，亦非所计。若是，吾于李君和叔之诗，见之和叔家绵州。偕弟凫塘，皆以俊伟宏博之材入词馆。既改为中书舍人，盖身在承明著作之庭，宜以雅颂为职志者。然家本寒素，虽通籍，犹不免为负米之行。由齐鲁入吴越楚，奔走辄数千里。又往还蜀道，足迹几遍天下。耳目所见，与山水所历，结轖而不能平，往往于诗发之。君之诗，自曹刘以逮高岑，下至韩苏，无不仿，亦无所不似，而得之少陵者最多。其意激昂而慷慨，其格突兀而清苍，其辞轩豁而呈露，雕镂刻琢不伤于巧。凡人所欲言而未能言者，标举出之。适如乎人之所欲言，有解颐者，有击节者，大旨归于君亲夫妇伦纪之常，天时人事政治之大，故于少陵诗不求工而自工，非如明季诗人剽窃而比拟之也。予交巴蜀士大夫众矣！唯丹棱彭先生肇洙有文章道义之契。其弟遵泗能古文，皆凫所景慕者。今二彭即世（去世）久矣，而君兄弟复以诗雄视于京师。盖非独系巴蜀之风（钦）？凡采风于列国者，皆将因诗而验其政之美恶，俗之良楉，有功于诗义，岂浅鲜哉！

嘉庆己未（1799年）三月青浦王昶书，时年七十有六。

李骧元和他的诗

　　在"罗江四李"中，李骧元留下的诗作最少，我们能够读到的机会也最少。一方面是因为他45岁英年早逝，生前所作诗稿他自己尚来不及整理；另一方面，其诗集《李中允集》赖其兄李鼎元整理付梓，但付梓后即没有再次刊行，流传面不广。为了让读者对李骧元及其诗作有一个比较全面的了解，笔者下大力气广搜资料，整理与李骧元及其遗集相关的文稿，希望能增进读者对这位蜀中才子的认识。

　　关于李骧元的生平，我们目前能够读到的最为完整的资料，是其堂兄为他作的传记——《李骧元传》。这个传记收在嘉庆版《罗江县志·艺文》及李调元撰《罗江县志·人物》中。另外，在《清史列传·李调元传》后，附有李鼎元、李骧元小传；《李中允集》中有乾嘉时著名文人法式善、杨芳灿所作序文。从这些记录里我们可以大致了解李骧元生平。

　　李骧元生于乾隆二十年乙亥（1755年）七月初二日寅时，卒于嘉庆四年己未（1799年）九月二十三日寅时，享年45岁。作为家中的次子，李骧元有条件读书，而且嗜书如渴，达到了废寝忘食的程度。这种读书境界，主要得益于家风的熏陶。乾隆中叶，蜀地经济得到极大的恢复。自李化楠中进士，李氏家族已经开始了全面发展复兴。李调元比李骥元年长21岁，李鼎元比李骥元年长6岁。李调元在醒园环翠轩读书的时候，"香如叔亦令鼎、骥二弟从学举业"，两位兄长的勤奋苦读给李骥元以极大的垂范和指导。

少年李骥元立志通过读书改变自己的命运，实现人生价值。但是他初入科场的考试并不顺利，第一次参加童试即落第而回。次年又考，刻苦读书的李骥元得到了回报，"即由县州院连取二案首，入庠"，不仅取得秀才资格，而且连续取得县试、州试第一名的好成绩。时任学政吴省钦（字冲之）亲自为其改名，将原名"继"改为"骥"，并说，"汝千里驹也"，对李骥元寄予很大的期望。

乾隆四十二年（1777年），李骥元中乡试第五名经魁，时年22岁。乾隆四十九年（1784年），李骥元中甲辰科进士。当时，四川进士额仅两名，除了罗江李骥元外，另一位是巴县张锦。发榜的时候，当时的举子们说"皆读书种子也！我辈不第可无恨矣"，非常认同李骥元的才学。殿试时李骥元名列二甲，后改翰林院庶吉士，三年散馆后授翰林院编修。李调元自豪地说："于是三翰林之名噪天下。"这一科的主考是著名文学家纪晓岚。纪氏说了一段这样的话："吾今科所取皆读书人，而首推者实雨村之弟骥元也。吾昔皆二甲，未得编修，今不缺矣！成吾志者子也！"能够得到纪晓岚的期许和嘉勉，李骥元文名大噪。但是李骥元"生平不喜应酬，在京亦不多赴晏（通"宴"）会"（李调元语），"为性伉直，不习事故"（法式善语），"持论严正，不少阿曲"（杨芳灿语），因此"早入翰林而久滞不迁"（法式善语），成为一个羁留翰林院十余年的清闲词臣。

到了乾隆六十年（1795年），李骥元参加乡试考差，名列头等，与太常寺卿施朝干充任山东副主考，有了一次出京的机会。这时，嘉庆已经即位了。嘉庆对于李骥元的工作非常满意，"召对称旨，问家世甚悉，天颜大喜"，不久"即升左春坊左中允"，这算是李骥元十余年词臣生活的第一次变化。这时，李骥元不但得到一些王公大臣的交相荐举，也得到成亲王的赏识。嘉庆三年（1798年），李骥元奉特旨，派入上书房行走。正在人们期待李骥元能够大展身手、大有作为的时候，一场疾病夺走了这个中年才俊的生命。嘉庆四年（1799年）五月初三，李骥元"忽得咯血之疾，始犹勉强上朝，因误服凉药，遂至不起"，年仅45岁。

李骥元病逝时，四个子女的年龄合在一起刚刚十岁（后仅一女长成，其余皆夭折）。李调元、李鼎元悲痛欲绝，作诗悼之。李调元在《闻四弟编修骥元赴，大恸。率男朝础设位北向祭之，哭诗二首》中写道："家信联翩喜浃旬，无端讣到变酸辛。死如可待吾何惜，生与谁朋汝最亲。好学颜回偏短命，呕诗李贺竟捐身。临风哭罢还呜咽，三李如今少一人。"李鼎元此时正在出使琉球途中，闻讯作《哭鬼

189

塘》《再哭兔塘五首》，其中有"举世无伯乐，谁识千里马""朝哭血自饮，暮哭声暗吞""慎毋随我行，东海浪拍天"的句子，可见鼎元悲恸之情。在《再哭兔塘五首》（其四）中，李鼎元回顾了李骥元一生苦读、刻苦为文、壮志未伸的经过："勤学如弟少，呕血作文字。早知命不延，兹事亦可弃。读君感时篇，激发见忠义。诵君馆阁词，朗朗庙堂器。行世知有期，莫救眼中泪。信哉身后名，不如生前醉。"

李骥元壮年辞世，其履历也非常简单。青少年时期居乡读书，29岁进士及第后，除一次丁忧回乡、一次考差山东外，基本在京城过着穷愁清闲的词臣生活。由于突发疾病，他还来不及整理自己的诗稿，便与世长辞，对于一个非常看重诗歌创作的诗人来说，实在是一件非常令人遗憾的事情。

李鼎元出使琉球归来，处理了骥元的身后之事，就把出版李骥元诗集的事情作为一件大事来做。1802年，即李骥元殁后第四年，他携李骥元遗稿，分别找乾嘉时期的知名文人杨芳灿、法式善，请他们作序，并请蜀中出版家龙万育刊刻出版。杨芳灿深情地说道："嘉庆壬戌（1802年）仲夏，墨庄先生以哲弟中允兔塘先生诗集属余校勘，云将付之剞劂。时踞兔塘之没四年矣！兔塘有子，弱龄殇折。阿兄抱此遗集，为其弟身后名计者，靡不曲至。鸰原之谊，为可悲也。"正是有了李鼎元的坚持与付出，我们现在才能一睹蜀中才子李骥元的诗，罗江"四进士"的诗作才能够得到全面展示。

　　但是这毕竟不是诗人自己校定、选辑的本子。大概在其生前，李骥元已经有将自己诗集付梓的打算，李调元曾经为此写过《凫塘集》序，书名以李骥元的号来命名。我们今天看到的选集，书名定为《李中允集》，是因为李骥元曾任左春坊左中允，这是另一种名集的方法。

　　按照《李中允集》龙万育序，李骥元的诗集正式刊行是嘉庆十七年（1812 年），距离嘉庆七年（1802 年）杨芳灿校勘遗集已经十年了。龙万育（1763—?），四川成都府成都县人，先仕西北府县，后任甘肃西宁道，署理甘肃布政使。因为长期仕宦西北，"仆仆然未得一日闲，以是数载未能付梓。墨庄千里书来，频以相扣，所以为其弟身后名者至切。余曷敢旦夕忘而使凫塘之诗不早传于世耶？遂即以凫塘之诗为先鸣，而西蜀英才集亦将续致而汇刻之"。因此，《李中允集》是龙氏刻书事业最早的作品之一。这个集子，在敷文阁嘉庆十七年（1812 年）版问梓后，即没有再版，因此传世极少。据有关资料介绍，中国社会科学院历史研究所藏有这个本子。笔者所见，为此版的复印本。

　　《李中允集》共六卷，每页有"敷文阁"版记。前有嘉庆六年（1801 年）法式善序、嘉庆七年（1802 年）杨芳灿序、嘉庆十七年（1812 年）龙万育序。每卷卷首有"绵州李骥元称其撰，锦里龙万育燮堂校梓"字样。共收录李骥元壬寅至己未（1782—1799 年）17 年间作品 433 首。各卷次所录诗

歌创作时间及数量为:

第一卷,壬寅至丁未(1782—1787年),88首(其中壬寅18首,癸卯9首,甲辰6首,乙巳7首,丙午11首,丁未37首);

第二卷,戊申至己酉(1788—1789年),83首(其中戊申20首,己酉63首);

第三卷,己酉至壬子(1789—1792年),90首;

第四卷,癸丑(1793年),58首;

第五卷,甲寅至乙卯(1794—1795年),50首;

第六卷,丙辰至己未(1796—1799年),64首。

从这个集子来看,李骥元27岁以前的作品都散佚了。但是这400余首古今体诗歌,却是我们认识李骥元唯一的宝贵的资料。

李骥元的诗,首先是情谊缠绵、纡徐冲淡。李骥元身体孱弱,但是孝老爱亲,兄弟情笃。在诗中,他常常写自己的病和贫困:"家书初写就,离泪沾衣襟。篇末讳言病,恐伤慈母心"(《病中寄家书作》);"已为家贫伤米贵,何堪岁暮惜衣单"(《得家书作》);"居官事少惭尸位,恐母愁多讳说贫"(《戏成》);"凭君莫更笑浮名,我亦艰难历半生。不宦母无微禄养,将归儿少薄田耕"(《答客》);"母训不教为热客,儿才惟许作闲官"(《全家》)。这些诗情谊殷殷,如话家常,读来感人至深。

因为久宦京华,李骥元的诗有浓郁的乡愁和家国情怀。他和李调元、李鼎元以及仕宦未归故乡的同门保持着紧密的书信联系和诗词唱和,这些对于

"不喜应酬""不习事故"的李骥元来说，是最好的精神慰藉。他的1300余言的长诗《怀墨庄兄诗一百韵》，不但字里行间"鸰原之谊"感人肺腑，也是一篇珍贵的历史文献。他还高度评价兄长李调元的著书事业："著作留天壤，功名付太虚。行归三亩宅，送老五车书。故国田园美，全家岁月舒。别兄无限思，芳草暮春初。"（《送雨村兄归蜀》）

他的景物诗，善于抓住景物的特点，并赋予自己的情感。如"赏花随蝶远，除草带萤飞"（《斋居》），写出居家的闲适与恬淡。"绿槐疏柳行人歇，流水空山夕照明"（《蝉》），我们似乎随着诗人的步履，专注地听到了蝉声，而天地万类在我们身外而不觉。"白鹭队飞来，点破溪中烟"（《南村晚眺》），将常见的田园风景描摹得极富诗情画意。

李骥元的诗，也有想象奇谲、踔厉昂扬的一面。"入海飞虹汲水干，回空洒雨势弥漫。直惊天外瀚声落，想见人间客路难"（《大雨书怀》），这几句写雨，不但酣畅淋漓，而且气势恢宏、想象奇诡。"声声鸟雀操庭槐，命仆先除满径苔。见面直言东入海，袖中携得海云来"（《喜墨庄兄至》），描写极为普通的兄弟相会，但是见兄之前鸟雀鸣槐、洒扫庭除，见兄时李鼎元言语豪迈的情景却历历在目。"倒泄黄河为笔涨，顿呼白酒为诗媒"（《题张船山检讨诗集后》），评论张船山（即张问陶）文思涌来，如黄河之水倾泻而下，这个想象雄浑博大，是非常新奇的。

李骥元古今体兼擅，诗的风格和题材都十分丰富。法式善说他"耽苦吟，每当构思，摒弃一切，有薛道衡、陈后山之癖"。杨芳灿说他的诗"忠义激发，如扬衡抵几，慷慨论事也，其至性缠绵，如浣楡捧瞉，怡愉笑语也。以至感怀叹逝、羁旅行役之作，忽悲忽喜、忽歌忽哭，生气跃跃，在笔墨畦径外"。龙万育也谈了自己对李骥元诗的感受："清如澄练，爽如哀梨；奇如夏五之云，辟如巨灵之掌。其缠绵，往复如冰栏；其卷舒，摩荡如海潮。"这些都是极高的评价。著名诗人王昶在《蒲褐山房诗话新编》中说李骥元"诗有奇气，亦有逸气"。他举了很多例子来说明，如"东风吹早雾，豁然露朝阳""秋风卷地来，黄叶打窗牖""山顶出天上，山根枕湖眠""龙山如龙头，垂胡饮江水""大江日下流，我沿江水上""天地为大炉，煎此潼川水""天云送春去，山色青无边""结交不结心，同室如异地"，又如"荒鸡何与人，偏不稳栖宿。五更枕上鸣，惟酬客梦熟""河连下上月，沙聚云中雁。人来鸿雁飞，河动月光乱""看山如饮酒，快意辄心醉"，细细品来，这些选句是很能说明李骥元诗风的。

李骥元诗选

拟　古

海风吹宿雾，豁然见朝阳。
天空气象阔，矫首观八荒。
八荒何所见，杳霭浮云翔。
云中列仙子，击鼓吹笙簧。
岂不乐追随，河汉无津梁。
安得骑鸿鹄，与先共颉颃（xié háng）。

登通州城楼

一水抱州城，山山叠嶂横。
地随边日阔，天入海云清。
乱草怀乡绪，飞花落地情。
倚楼西望蜀，辜负醒园莺。

雨村兄寄方砚

端石琢为砚，砚色露青紫。
兄从岭南归，赠与琼玖比。
世皆乐圆融，遇方殊不喜。
汝稍露圭角，俗眼所憎鄙。
于世大难合，于我实知己。

195

命工施剪裁，花藜作包瓯。
匣中仍记年，壬寅岁制此。
回头语阿兄，宝爱自兹始。

闻 雁

万里随阳雁，江湖结伴来。
影迷边月瘦，声落寒云衰。
野馆初烧烛，天涯正举杯。
平安书写就，凭寄蜀山隈。

送同年何思斋（文坦）归蜀

谁遣东风送客还，声声祖帐咽难弦。
月鸣燕市嘶征马，人去巴山听杜鹃。
酒实乱情今速戒，诗非言性古何传。
归家尺素如相寄，飞雁犹能到日边。

斋 居

三乐吾生有，何妨静掩扉。
赏花随蝶远，除草带萤飞。
女慧能摹帖，妻勤不下机。
果同元亮宅，车马任他稀。

蝉

人间谁复似蝉清，饮露甘怀淡泊情。
怪我几时方振翼，怜君五月始闻声。
绿槐疏柳行人歇，流水空山夕照明。
他日上林嘶不断，螳螂切莫妒先鸣。

夜宴大光楼

（自注：时送族兄萃元回蜀。）

一樽酒饮高台夜，万斛舟停远水中。
帆带荆吴千里月，人披楼阁五更风。
太行经坂才知骏，天路梯云合让鸿。
兄到故园凭报友，丰城剑好被尘蒙。

潞河秋望

五年留北岁蹉跎，又见黄花满潞河。
古木从中秋色老，远山平处夕阳多。
闲吹牧子吟龙笛，不荷渔翁钓鲤蓑。
我欲乘风渡沧海，六鳌头上看鲸波。

晓发窦店

荒鸡何与人，偏不稳栖宿。
五更枕上鸣，惟愁客梦熟。
开扉睨东方，月色照僮仆。
须臾扬鞭去，途以满车轴。
前车如鸟飞，后车若云簇。
余马休怪迟，平生恶捷足。

偕内子至昌平作

舌耕相友潞河滨，又话燕平二月春。
自笑夫妻真似燕，年年夏屋总依人。

城 边

渤海飞云渡塞来，城边系马步高台。
如何二月风如剪，杨叶千条尚未开。

谒刘谏议祠

唐宫故迹久迁移，此地还留谏议祠。
斥佞草生阶砌外，傲寒松挺雪霜时。
真汝胆气忠言在，活国讦谟后代知。
我酒不浇诸宦墓，奠君惟愿酌千卮。

看 山

群山北折走居庸，半是云封半树封。
山里不知何处寺，隔云遥送一声钟。

喜墨庄兄至

声声鸟雀操庭槐，命仆先除满径苔。
见面直言东入海，袖中携得海云来。

送雨村兄归蜀

著作留天壤，功名付太虚。
行归三亩宅，送老五车书。
故国田园美，全家岁月舒。
别兄无限思，芳草暮春初。

别侄朝础

潞水东归海,潼关北护秦。
此行重涉险,相望各伤春。
雨暗山中树,云高马上人。
莫忘痴叔语,努力爱吟身。

闻笛怀雨村墨庄两兄

星月满天人倚楼,思兄无计豁双眸。
况闻东阁频吹笛,似对南薰已怨秋。
梦里接谈终是幻,雁来无字更添愁。
悬知两处挑灯夜,几倍离情付水流。

秋风词

秋风卷地来,黄叶打窗牖。
招邀素心人,畅饮菊花酒。
酒酣目极浮云翔,中有羲和推日忙。
堪叹勤劳历万古,举杯为尔斟霞浆。
斟霞浆,诉胸臆。
与千人,驻颜色。

所 思

春风无待约,特地到窗前。
杂树花仍发,三江客未还。
断云依海水,晴日远吴天。
世路艰难悉,归来枕石眠。

喜墨庄兄回京

三载天涯滞，归无别物持。
江山吴越画，烟月鲁齐诗。
谈至日斜后，饮观星出时。
家庭殊旅宿，欢笑自忘疲。

春日寄何九皋

海势连天阔，潮声震地回。
闻君吹玉笛，骑鹤到蓬莱。
诗带凌云气，人称济世才。
相思对春柳，离恨不能裁。

大　雨

荒寺绿翻三径草，隔河青透几株槐。
正看秋色娱人意，雨挟潮声渡海来。

野　望

策马城西望，郊原带夕晖。
霜凋秋树瘦，云补远山肥。
跃水参鱼乐，横空慕雁飞。
偶偕农父语，昏暮尚忘归。

寄侄朝础

醒园当日共嬉游，采菊东篱趁晚秋。
步月每过延月洞，穿云多上看云楼。
晓逢村媪沽新酒，日伴渔翁戏小舟。

回首故乡千里隔，思君况动别离愁。

得家书作

羁人每恨得书难，比至书来不忍看。
已为家贫伤米贵，何堪岁暮惜衣单。
霜枯塞草山俱瘦，雨减汾河水正干。
好挟太行云两片，相随征骑到长安。

上南天门

直上白云根，晴天举手扪。
路看来客小，山失太行尊。
雾树迷三晋，风台壮一门。
艰难何处悉，来与寺僧论。

薄 暮

我自天门下，仙风夹道迎。
云归千壑暗，日挂半山明。
猎客羁秦狨，游人带陇鹦。
能言乡景否？催动故园情。

界牌湾

何人高立石，分界乱崖边。
山势西驱晋，河流北护燕。
古碑余篆迹，荒寺袅炉烟。
喜是长安近，今宵月渐圆。

获鹿道中

巨灵不肯劈群山，瘦骨今来试险艰。
征马力疲横口铺，病奴足□界牌湾。
风抟霞雾穿林外，雨带峰云落水间。
别有一溪生意足，尚留芳草在尘寰。

夜 行

与仆来荒野，逢人问宿程。
雾浓山月暗，林缺寺灯明。
马足沙中缓，鸿音夜半清。
故园归不得，空忆左绵城。

晓出正定府

晓出正定府，红日当途披。
前车杂后车，声若雷霆驰。
众车一何速，我车一何迟。
前至滹沱河，一水桥间之。
众复争桥上，直将超水湄。
嗟哉桥断折，各各沉沙泥。
天寒北风劲，人马喧且嘶。
徐看我车至，渡水何坦夷。
槛槛尊大道，同辈焉得随。
乃知人间事，翻覆谁能知。
要路跨捷足，一蹶难自持。
盍将车为鉴，任运何所亏。

题汤阴鄂王祠壁

撼山容易撼军难，结发从戎抱寸丹。
才似孔明图大举，耻偕宗泽叹偏安。
两河道有居民泣，三字冤无圣主宽。
毕竟铁人阶下跪，奸雄气短隔朝看。

大风渡黄河歌

昨宵我宿高村驿，风送河声到枕席。
今晨走马来河干，海日照河河水丹。
舼郎怪我有仙骨，载我中流力撑突。
二十余人歌复歌，歌声撼入鱼龙窟。
大风忽地西北来，飞沙蹶石如奔雷。
倒卷黄河向天泻，天半洪涛地下回。
声讶海潮百昼吼，势疑天马碧空走。
长鲸调尾鱼纵鳞，舟子焚香客奠酒。
而我与人将母同，葬山葬水凭天公。
噫气况当芘（通"庇"）游子，作孽无乃非仁风。
风后闻言大羞耻，吹舟疾度（通"渡"）河之涘。

襄阳怀古

山云少停踪，旅客无定所。
行行至襄阳，登高望南浦。
江势接西南，水声撼今古。
当时魏运歇，事权归晋武。
晋欲吞东吴，此间用羊祜。
江汉果归心，知人似英主。
只今祜留碑，可怜无晋土。

舟发樊江

旭日在扁舟，江湖始浪游。
楚云衣上落，襄水枕边流。
羊子碑余泪，山公酒剩楼。
客心频吊古，何处访丹丘。

上 江

楚水浮残叶，江渔晒晚罾。
万家舟作屋，一埭（dài）月为灯。
解闷纫香草，惊心扑冻蝇。
异乡知我独，长忆宋中丞。

夜登青山寄云轩济川

青山与青天，相去不容发。
振衣登其顶，举手弄寒月。
嫦娥笑相指，月下千里豁。
地高江汉迮，天远梦云阔。
傍崖几株松，斤斧未剪伐。
雪中枝叶清，风内笙箫发。
仙鹤虽未栖，百年负傲骨。
寄与同心人，贞心不可没。

青 山

青山回抱悬重重，一水湾环走白龙。
好是寒天青不断，万竿修竹万竿（通"杆"）松。

舟泊珠江

感谢惟舟楫，云山历历过。
江宽晴日动，海大怪风多。
蜑（yán）户衔杯语，珠人击鼓歌。
晓将僮仆问，乡思竟如何？

卖茶商

鸳鸯戏珠江，蜑船列江渚。
风送摸鱼歌，越女新妆处。
粉面佯自羞，隔河娇人语。
痴哉卖茶商，神荡不知主。
当筵倾螺杯，谑浪递尔汝。
冶游未弥月，万金委如土。
可怜一时欢，莫偿半生苦。
道与亲友逢，一语开迷瞀。
十千囊内资，归可饱儿女。

病中寄家书作

家书初写就，离泪沾衣襟。
篇末讳言病，恐伤慈母心。

炎 方

悔向炎方万里行，天时人事客心惊。
地无淫雨潮偏重，海有凉风暑不轻。
破梦蜩螗（tiáo táng）嘶五月，啜肤蚊蚋（wén ruì）
扰三更。

何当越水回巴水，直过黔城到锦城。

融 江

又泛融江水，风光列眼前。
鹧鸪深箐（qìng）伏，蝴蝶异花眠。
地下埋铜鼓，山头挂铁船。
古来征战处，今日靖烽烟。

阻舟回望怀远

三朝船尚阻，怀远水云间。
仙迹香炉顶，瑶风大桂山。
虎狼夸地险，蚊蚋趁人闲。
行路苦如此，蜀乡何日还。

林坎镇和壁间杜兰垞（chá）韵

城外山衔夕照黄，此间聊自歇归装。
不须回忆关山苦，扑鼻新闻蜀酒香。

归家二首

其一

弱冠离桑梓，高秋策马还。
儿童惊此客，老父共相怜。
傍屋山飞鸟，依门水到田。
种松人不见，乔木尚参天。

其二

姊妹殊贫富，亲朋异死生。
絮听长短语，难慰别离情。

江海心犹悸，关山梦屡惊。
归来还碌碌，窀穸（zhūn xī）费经营。

南村晚眺二首

其一

暮从乌龙山，步下村溪前。
回视窈窕云，聚若兜罗绵。
道逢二三老，笠斜锄荷肩。
听话桑麻事，本末该祖传。
禾登东南亩，水涨大小田。
白鹭队飞来，点破溪中烟。
我本故山农，误为虚名牵。
观此颇怡悦，躬耕待来年。

其二

田父忽邀我，殷勤乡语嘉。
不嫌茅屋荒，田左是吾家。
虽无山海味，鸡酒不须赊。
入门见修竹，旁开秋菊花。
花外筑小亭，坐我数礼加。
相对言古质，大旨归桑麻。
须臾盘飧具，童稚少喧哗。
见此知俗厚，不知山日斜。

登龙神寺门楼

少小焚香处，来登百尺梯。
水声田上下，山影寺东西。
翠竹依墙直，黄柑压树低。
佛天无俗韵，钟鼓解人迷。

拜别先大人墓

地据金山左，天围圣水旁。
荫崖松盖净，绕墓稻田香。
有鹤空栖树，无猿已断肠。
谷风吹太急，挥泪白云乡。

留别雨村兄

兄昔蓟北归，我今蓟北游。
山川各千里，风雨逢九秋。
分手左绵界，江水曲如带。
情含杯酒中，恨在别离外。
才高书伴老，玉韫人作疵。
百忧说不尽，万事兄安支。
要须养心力，古贤不家食。
灰然终有时，此去长相忆。

送墨庄兄朮斋弟之武昌

拭泪年来惯，分离况弟兄。
三秋鸿雁影，一枕汉江声。
画舫回川捷，飞鸿出塞轻。
不须长忆母，来岁觐都城。

西安除夕作

蓟北留家室，湘南别弟兄。
一心分两地，双泪落三更。
凄切衔杯意，喧阗爆竹声。
旅中谁守岁，僮仆有余情。

送春词

细雨冷金闺，黄莺逐伴飞。
飞从烟柳外，衔得落花归。

刈麦词

小姑呼嫂往西畴，刈麦功余陇际休。
忽地见人含笑避，柳阴深处一回头。

书　斋

年来吾亦乐吾生，一室奇书万卷横。
未必多文堪说富，但锄非种也知耕。
风驰八极凭空御，月印千潭彻底明。
解羡何休称学海，令人长忆郑康成。

得雨村兄书有感却寄四首

其一

少壮何曾苦进甘，惟兄惜别岁经三。
书来一纸兼心寄，人隔三秋若面谈。
住共看云延月久，兴逢赌酒斗诗酣。
老来须髯（ér）浑如昔，著述真疑似海函。

其二

一钱不受吏犹嫌，谁坐槐厅执法严。
众议如蜂排寇老，皇恩似海赦苏髯。
马宁边外途经坎，龟自斋前卦卜谦。
漫道蜀才多蹭蹬（cèng dèng），抽身终得返闾阎。

其三

绵左分离岁月赊，只今芳草满天涯。
山川回首四千里，风雨著书三十车。
婢爱才高勤捧研，妪吟诗好细烹茶。
乡关合有逍遥乐，黄耳书传忽忆家。

其四

七十萱堂白发生，家贫甘旨几曾经。
虽云失马宁非福，未必闻鸡不动情。
槛外丁香花掩苒，窗前丙舍帖纵横。
相思勿动离群感，索绢题诗寄与兄。

送 春

送春如送人，但无地相别。
天地汇籥（yuè）巧，骚人感时节。
榆钱几万个，难买花如雪。
有客停轩车，化工详剖决。
中心然其词，万虑倏息灭。
春去春可待，循环等车辙。
殷勤祝东皇，桃李实早结。

偶 成

弥月不作诗，谓诗能穷人。
谁知少歌啸，翻与愁魔亲。
皆师审五药，酸咸兼苦辛。
我言疗癣疾，何用劳君臣。
还须日吟诗，天怀触景伸。
嘲拟子云解，迹随原宪贫。
观水抑扬妙，览云舒卷新。

丈夫志四海，目前何足陈。

送别墨庄兄

大江日东去，摇摇（通"遥遥"）无定时。
我心不异此，与兄随所之。
青齐路绵邈，吴越山逶迤。
谷答登岱语，风吹泛湖厄。
勿谓北堂远，代兄成孝思；
勿念独居弟，艰难门户持。
平生三度别，此别泪双滋。
炎飙蒸六月，瘦骨千里驰。

怀墨庄兄诗一百韵

癸丑五月五，一雁齐东翔。
岂不感离别，饥驱谋稻粱。
别来月两度，传寄书一囊。
心恐百无济，急起观数行。
果言遇故人，交道分炎凉。
幸携戴侗书（自注：时以六书故托售。），想见观
察唐。

售金六十六，千里资行装。
不然进退难，主仆形踉跄。
投书望泰岱，百感中茫茫。
嗟我兄与弟，会促离日长。
我家住南村，先世农且桑。
人言有隐德，五世家宜昌。
生我兄弟三，梦虎为祯祥。（自注：余昆季生时，
先祖母皆梦有虎兆。）

阿兄最杰出，处事无闲忙。

浑身胆识固，满腹兵甲藏。（自注：兄爱习孙武兵书。）

勇敢赴节义，谦和谈羲皇。
所志在经济，名镌金石旁。
读书三十载，乃登吉士场。
词林岂曰薄，职业为文章。
纵使禹稷为，只留经术光。
安能似召伯，遗爱比甘棠。
而兄随遇乐，书盈上下床。
雄心炼古句，健笔排天间。
时时复怜我，几次孙山康。
战捷甲辰岁，一矢偶穿杨。
兄喜见眉睫，言当醉壶觞。
觞亦何曾醉，离忧满中肠。
为指上农夫，食克九人粮。
家今廿余口，薄俸焉得将。
贷粟我奔走，持家汝回遑。
弟言类新妇，三日下厨房。
八珍五味乏，何以调羹汤。
兄道子无虑，升斗资蒙庄。
夏六月火暑，祝融炎赫张。
行人别家去，鸡鸣鞭策扬。
老父先致语，愿兄身体强。
老母复丁宁，劝兄食如常。
程程至齐鲁，九点烟飘扬。
清节里树碧，穆陵关云黄。
骚人啸傲过，草木含芬芳。
维时雨村兄，和韵薜荔墙。（自注：兄题诗齐河殿壁后，雨村兄至和之。）

兼有何玉书（自注：余内兄，泰安令。），戚好今难忘。

赠兄金三百，寄弟给酒浆。
兄乃浙东去，潮水观澜狂。
题诗五胥庙，濯足范蠡航。
帆冲西湖月，人践白堤霜。
久久始旋斾（pèi），诗富囊橐荒。
欲伴御史鸟，何人荐张纲。
以兹校得失，所获不如亡。
要谙山水乐，宁悔游湖杭。
但嗟家运蹇，两子前后殇。
鹓栖贾谊舍，胎散飞元梁。
黄泉父不作，三子胸臆伤。
东南飙风至，吹离天一方。
我登梅关望（自注：时适粤东。），歧路意伥伥。
兄扶舆樣返，万里波洋洋。
泪落楚江水，猿啼巫山阳。
艰难与吾季（自注：木斋弟。），酸苦同心藏。
诚孝格神明，周岁克还乡。
尚怀粤东人，点粟浮沧浪。
往往五更梦，飞度梅锅冈。
曰予弟行役，魑魅无毒戗。
兄下南北湖，我上秦陇疆。
同是羁旅人，分手泪盈眶。
借问何所思，有母毛发苍。
留京伴诸妇，念儿心惶惶。
于焉各努力，庚岁归庙廊。
衣浣缁尘秽，马脱青丝缰。
从此聚家室，和气吹笙簧。
随兄近笔墨，与兄开青箱。
和兄出栈诗，随兄拂朝裳。

鸟知白璧好，难将青蝇防。

不遇圣恩浈（huì），无计完珪璋。

吁嗟家故贫，牢破竟亡羊。

仰事俯蓄间，愧怍非贤良。

而兄又别我，望岳神轩昂。

云近官未补，出门乐未央。

不闻爷语声，惟母言周祥（通"详"）。

追昔玉书在，云辔同高骧。（自注：兄前至泰安，与玉书同登泰山。）

披览海东日，供盛江外鲂。

山风吹酒兴，人与天颉颃。

俯视禹九州，渺小如毫芒。

今再至其邑，故人归北邙。

不知感秋否，耳外啼寒螀（hán jiāng）。

更闻尼父□，盍往羞□□。

敷衽跪陈词，问名何日彰。

稽古希圣贤，胡遭走且僵。

吾道果贪欤，慨余以慷当。

总之人间事，干九如蛃蜣（qī qiāng）。

忧患为德根，诸祸乃福堂。

弟虽失子后，投杖非卜商。

迩来渐有守，坚节逾瘦篁。

不学蒲苇柔，宁学金精刚。

君子固本性，积善还余庆。

昨夜曾梦兄，归话庭树傍。

醒来寄兄诗，感树鸣蝘蜓。

名利一朝计，忠孝千古香。

归来早归来，尘世难彷徉。

蟋 蟀

预恐霜威逼，床前匿迹深。
因之参物意，亦有爱庐心。
秋月三更朗，斜阳半榻阴。
声声长短调，杂和伯牙琴。

古 剑

古剑何人铸，真堪易五城。
寸心惟汝似，长日倚天鸣。
宝匣装昆玉，霜锋断海鲸。
谁言光彩少，夜夜白虹生。

孤 雁

春到双双集，秋高一字横。
关河南北远，天地岁时更。
月冷飞无伴，风狂听有声。
江湖罗网密，慎口莫轻鸣。

题画梅

燕城老树秃复秃，翠见长松碧见竹。
一夜东风何处来，梅花开遍君家屋。
君言八月无梅开，花是画师工剪裁。
酷类野堂巧摹得，还疑陆凯新寄来。
大株小株意结拘（jū），苍藓鳞皴（cūn）出山岫（xiù）。
素骨冰肌千朵垂，疏篱浅水一枝秀。
我欲骑驴去访花，江南江北夕阳斜。
遥吹一笛关山月，更送梅花到汝家。

和友人秋菊韵

群芳无面对西风，菊放残秋众罕同。
疏雨欹斜三径外，淡烟缭绕一篱中。
圆花片片轻黄□，嫩叶层层浅碧笼。
晚节尚偕松比劲，飘零笑杀雁来红。

秋　怀

三旬不雨见秋阳，木气焦枯草色黄。
天外风飙驱大暑，城中楼阁送深凉。
界标铜柱遥思马，槎泛银河未比张。
十二瑶阶何处列，思偕玉女醉霞觞。

观　菊

谁傲天地寒，篱外渊明菊。
几株殿百卉，各色耀双目。
黄铸丽水金，白雕荆山玉。
红惊霞点染，黑讶漆妆束。
叶能战秋风，花不借华屋。
三秋烟霏微，五夜露薰沐。
芳枝友湘兰，尽节师修竹。
多时离故土，种此在幽谷。
天然留晚香，守己道不辱。

南　口

山入蔚州界，泉通清水河。
日斜关月上，云少谷风多。
怪石盘龙虎，腥煤荷骆驼。

此中闲独立，驴背牧童歌。

盆菊二枝，一红一白。仲冬花叶并秀，诗以志之

雪风十月厉，万卉无力当。
性非松柏比，枝叶皆萎黄。
谁意仲冬尽，菊花挺孤芳。
一披白练甲，酣战青女霜。
一绽赤城霞，笑颜倚初阳。
谅知主人意，傲骨难改张。
岁寒励晚节，与吾高颉颃。

题张船山检讨诗集后

人间不信有斯才，入地升天妙想来。
倒泄黄河为笔涨，频呼白酒为诗媒。
别离兄弟真词见，呵斥神仙慧眼开。
夜半观星还大骇，长庚今又下蓬莱。

送　夏

炎帝游何方？听我歌一曲。
送春去愿迟，送夏去愿速。
炽热非所畏，淫霖害百谷。
燕蓟赵魏间，黄波卷人屋。
存者负子逃，恐葬江鱼腹。
试登远山望，水势摇坤轴。
迁居民已嗟，匮食民岂欲。
举觞迎秋风，拨云放初旭。

夏夜偶成

不因人热自心凉，半可耽吟半举觞。
退步想时天地阔，流阴惜处古今忙。
趣偕明月穿花径，爽与清风卧石床。
俯仰更深还自得，承欢况复近萱堂。

戏　成

欲比长鲸远纵鳞，其如屈蠖始求伸。
居官事少惭尸位，恐母愁多讳说贫。
倘许珊瑚归铁网，定栽桃李近枫宸。
薰风驿路全披拂，几日乘槎伴使臣。

卢沟桥野望

破浪轻千里，登桥览四方。
边云埋雨黑，河水接天黄。
燕入张华舍，魈（xiāo）啼贾岛房。
采萍何以荐，怀古意彷徨。

白沟河怀古

宋廷无计退干戈，此地当年战血多。
将帅不归青鬃马，君臣长渡白沟河。
鼎钟事业谁传后？豚犬儿郎只议和。
毕竟高宗轻社稷，千秋遗恨满烟波。

宿齐河客馆

暝色到沙汀，齐河马迹经。
蝉嘶一林雨，水浸半天星。
月桂香盈路，秋花秀满庭。
今宵风景好，醉饮几曾醒。

送张玉溪孝廉归蜀

与我留燕北，胡为返蜀西。
栈嘶云外马，关听月中鸡。
琢句山争险，寻幽路不迷。
归家风日好，春草绿萋萋。

扇

谁携明月下天空，爽气招来坐榻中。
对我何尝生德色，如君才肯送仁风。
关山驿路亲游子，城市高楼伴酒翁。
莫使秋来归箧笥，曾经世用不言功。

偶　吟

十年前树木，十年后干霄。
人如此例长，岂不偕天高。
大造恐其扰，限格难以超。
七尺六尺躯，赋心无荡摇。
翻笑妄人妄，志逾乔木乔。
中道忽摧折，野火烧刍荛。
君子鉴非远，寒山松不凋。

大雨书怀

入海飞虹汲水干，回空洒雨势弥漫。
直惊天外瀚声落，想见人间客路难。
宦久浪思千里破，家贫囊剩一钱看。
谁将仙岛囊中鹤，放到青霄振羽翰。

答　客

凭君莫更笑浮名，我亦艰难历半生。
不宦母无微禄养，将归儿少薄田耕。
南山射虎心犹在，东海骑鲸志未成。
暂把一杯消魂礧（léi，通"磊"），遥天舒卷任云情。

和鸣九杂诗韵

黄河且有桥，宦海岂无渡。
见渡不买舟，洪波隔前路。
前路渺难测，守辙无变迁。
君看东篱菊，霜雪花自妍。

全　家

全家廿载住长安，日侍庭闱笑语欢。
母训不教为热客，儿才惟许作闲官。
秦关风雪人来少，蜀栈兵戈雁到难。
有弟西归音信阻，频随鸠杖倚闾看。

读书和鸣九韵

栽松不厌高，读书不厌博。
松教直性留，书使灵悟作。
茫茫名利途，天意谁能度。
几人否还泰，几人剥难复。
大都寡欲方，今古养心药。
兴同驹昂昂，宁为玉落落。
我怀此意久，不谓先生若。
年虽过蘧瑗（qú yuàn），书不置高阁。
守书即守心，肯向浮华托。
持此问世人，自待谁厚薄。

再叠前韵

读书患不专，既专患不博。
开卷思古人，古人不可作。
匠石又难逢，梁社谁裁度。
以此费经营，运斤神往复。
回思就傅年，畏书如畏药。
材不分君臣，道岂辨篱落。
历今四十余，六龙奔电若。
谁挽羲和辔，空棱子云阁。（自注：时为武英殿
纂修。）

深惭著书少，日将歌咏托。
歌咏究何如，鲁酒愁味薄。

放歌行

生不愿封万户侯，亦不愿识韩荆州。

221

但愿诗豪如太白，兴摇五岳凌沧州。
又愿真卿子昂字，大书张纲虞诩事。
诣垒片辞服张婴，到官数月平□季。
复愿文章如退之，翻江倒海风雨驰。
更愿金穴如郭况，济急扶贫德无量。
事迹长留天地间，声名胜铸钟鼎上。
旁人大笑痴更痴，君愿恐成无当卮。
我道空言即无补，平生不可无此思。

附：《李中允集·法式善序》
　　《李中允集·杨芳灿序》
　　《李中允集·龙万育序》
　　《〈凫塘集〉序》（李调元）
　　《李骥元传》（李调元）

李中允集·法式善序

　　余亡友凫塘中允，少负奇气，以能诗称蜀中。及入词馆，益刻苦为文章。欲企及于古人，而又不肯为古人所囿。交与皆一时名流硕士，凡有一长一技胜己者，降心下之，必尽得其益而后已。为性伉直，不习事故。发为议论，直抒胸臆，每出侪辈万万，稍忤己意辄面争。或其言涉激切，人折之以理，亦必翻然谢过自悔，故所交益广，而所学益进。

世称其诗旷逸似太白，沉雄似少陵，固矣！然吾所以爱之者，非以似太白、少陵也；知凫塘不求似于太白、少陵，乃有其不太白而太白，不少陵而少陵者。世又以凫塘早入翰林而久滞不迁，幸一迁阶，旋复颠踬。举恒坎坷，与寒士等。天之所以啬其遇者，正所以丰其诗也，而吾又不谓然。盖凫塘负深识远志，艰苦殆其素性。使天假以年，宠利富厚故可旦夕致。而凫塘之诗亦必镂肝刿肾而益工，不以官位显爵掩也。乃凫塘仅仅以诗传，凫塘之不幸矣！虽然，凫塘死矣，凫塘之子又死矣，诗不传，凫塘呜呼传？

凫塘生平，耽苦吟，每当构思，摒弃一切，有薛道衡、陈后山之癖。病笃时，犹手操笔墨，点其生平所著述，呕血数升不辍。呜呼！凫塘之为诗如此，虽欲不传，得乎？凫塘兄雨村、墨庄皆以翰林起家，皆工诗，而官皆未通显。是诗者，凫塘之家学。然使凫塘仅以诗传，是岂凫塘之初志也哉！

注：陈硕士曰：满纸呜咽之音。读先生文，使人益增厚于朋友之情矣！至其文笔之曲折幽邃，得力于半山；而行气之纤徐冲淡，则仍自六一居士来也。

嘉庆六年岁次辛酉九月
柏山法式善拜撰

李中允集·杨芳灿序

嘉庆壬戌（1802年）仲夏，墨庄先生以哲弟中允凫塘先生诗集属余校勘，云将付之剞劂。时踞凫塘之没四年矣！凫塘有子，弱龄殇折。阿兄抱此遗集，为其弟身后名计者，靡不曲至。鸰原之谊，为可悲也。

凫塘少颖敏，周晬（zuì）识字，弱冠溺苦于学，通诸经，善属文，性犹嗜诗。通籍后，虽盛寒暑，吟咏不辍，所交皆一时名宿。有所长，必虚己下之。而持论严正，不少阿曲。凡与凫塘善者，言皆如是。

余深以不得见凫塘为恨。凫塘为余丁酉选贡同岁生。廷试时，共居人海中，卒卒未得通谒。试后，余即捧檄西去。凫塘掇科第，读中秘书，文名满天下。而余则一官边障，关河辽邈，人事阔绝，读书志业，日就荒落。余故知有凫塘，而凫塘不知有余也。

辛酉岁，始来京师，得交墨庄。每当酒阑灯灺（xiè），为余述凫塘平生，孝友醇至，辄欷歔流涕。因知性情风概，弟晜（kūn）大略相似，见墨庄如见凫塘焉。今读其遗诗，见其忠义激发，如扬衡抵几，慷慨论事也；其至性缠绵，如浣腧（yú）捧斝（jiǎ），怡愉笑语也。以至感怀叹逝、羁旅行役之作，忽悲忽喜、忽歌忽咢（è），生气跃跃，在笔墨畦径外。然则凫塘固不死也。余不及见凫塘，见其诗如见凫塘焉。

　　犹忆昨岁，读汪明经全德哭凫塘诗，慨然想其为人。汪君年甫冠，而凫塘名德夙望，忘年论交，凫塘殁，汪君有绝弦之痛。其倾襟爱士，为何如耶？使凫塘且未死，余得交君伯仲之间，其相爱更当何若？而今已矣！余虽得交墨庄，得读凫塘之诗，而终以不得见凫塘为恨也。呜呼！

金匮杨芳灿拜撰

李中允集·龙万育序

　　蜀自汉之司马相如、扬雄、王褒，以擅赋称。历唐，用诗取士，陈、李蔚为称首。以致杜甫、韦庄之伦，靡不得山川之助，驰骋一时，盖吾乡固诗窟也。

　　尝欲集名乡及隐逸诗人未刻之章，仿昔人吴会英才之例，合而刻之。方奉简书尘驰，碌碌未遑冥收。庚午入都，李墨庄太史以其哲弟中允《凫塘集》见示，嘱付剞劂。凫塘，乡之先达，与其昆仲雨村、墨庄联翩入翰苑。诗文名动海内。余与生同里，选拔先后同年。惜廷试谒选，匆匆把晤，弗获扣其所蕴然。神交既久，冀其蹈扬雅颂，以鸣国家之盛，不料其玉楼赴召之速也。今余与墨庄过从甚密，而凫塘之人往矣，凫塘之诗在焉。一再吟诵，清如澄

225

练，爽如哀梨；奇如夏五之云，辟如巨灵之掌。其缠绵，往复如冰栏；其卷舒，摩荡如海潮。不啻款余以心曲，起余以悟思也夫！

以早岁饮名之久，既见如弗见，其想慕当何如？今而始获读其诗，盖若辛幼安之初见陈同甫，以为从天而下矣！即墨庄不嘱吾刊，吾亦将什藏，以之选为吾乡英才之冠冕，况殷殷以请耶！遂携其集，出都之江右，上陇坂，且西赴湟中。仆仆然未得一日闲，以是数载未能付梓。墨庄千里书来，频以相扣，所以为其弟身后名者至切。余曷敢旦夕忘而使凫塘之诗不早传于世耶？遂即以凫塘之诗为先鸣，而西蜀英才集亦将续致而汇刻之。墨庄其速以奚囊见寄也。

嘉庆十七年岁次孟冬月
锦里龙万育拜撰

《凫塘集》序

李调元

人喜则思陶。陶思咏，故咏诗主陶情，而作诗由陶甄。今之擅为陶者，莫过于饶。然有八法焉。一曰采石。饶窑陶土以祁门为上品。若用高岭，则质不纯正矣。二曰炼泥。以缸浸泥，细滤入绢以作胚胎。若不澄净，则色不滋润矣。三曰配釉。釉贵纯粹，无灰不成。灰出平乐，炼以凤尾草和泥成浆，泥十灰一。若泥少灰多，则光不鲜莹矣。四曰护匣。磁坯宜净，一沾泥滓，即成斑驳。拣黑黄沙略加镪削，烧过护坯。若不护，入火则不受冶矣。五曰定模。敷埴之法，器中膊（bó），豆中县，即今模子，必须与原样相似，若无规范，则式不划一矣。六曰车圆。器制不一，圆者如盘碗钟碟，敷泥置盘，以竹拨轮，随手拉坯，自然如意。如手法稍滞，则形不圆转矣。七曰琢器。方者如瓶罍尊彝，凡有棱角压成，刀截为段，当角者廉之，当折者挫之，然后选式付匠。若弥缝不周，则工不浑成矣。八曰选青。瓷器悉借青料，采绍兴金华诸山，名曰"顶圆子"，黑绿润泽同者为上。若选料不精，则器不完全矣。

非陶有之，作诗亦然，诗尤甚于陶也。采之三百、汉魏、六朝、骚选，以立其基，此诗中之采石也；加以淘磨精液、简炼熔铸，以利其用，此诗中之炼泥也；本乎左传、史记、庄老、诸子，以撷其精，此诗中之配釉也；去其粗率、俚俗、不切陈言，以严其范，此诗中之护匣也；参于陶、谢、徐、庾、李、杜、韩、苏，以立其格，此诗中之定模也；凡悲、欢、愁、乐、鸟、兽、草、木，各肖其题，而不粘滞，此诗中之车圆也；凡雕词琢句，长篇短什，必极其巧而不伤雅，此诗中之琢器也；诗以气为主，而尤贵有色，老杜曰"昔闻洞庭水，今上岳阳楼"，气也，小杜曰"高摘屈宋艳，浓薰班马香"，色也，此诗中之选青也。五色雕镂，而无奇气以行之，名曰"饾饤（dòu dìng）"，一气呵成，而无采色以丽之，名曰"淡薄"。淡薄者容有味，而饾饤者必无神。与其饾饤，不如其淡薄也。

　　凫塘之诗，深知诗者也。自少而壮，自朝庙而江湖，律则戛玉敲金，古则横空盘硬；喜则和风甘雨，悲则啮雪咀霜。有王、孟、韦、柳之醇古澹脮，无卢、李、孟、贾之险僻古怪，盖其天资学力二者兼到，陶镕于诸大家，而又加以鼓铸万汇，每有吟咏，无不振之以声气，敷之以彩色。譬之于陶，则八法皆备，求所谓不纯正，润滋光莹受冶画一圆转浑成完全者，殆无一焉，又何有淡薄饾饤之诮乎？是能陶汇万物者也，故与之说陶，知陶者，可与读此诗矣！

李骥元传

李调元

　　李骥元，字其德，号凫塘，罗江人。生不好弄，天性爱书。甫四五岁，见群童入塾，即跟随不回。父香如寻归问之，则曰："我亦欲读。"父曰："汝能识字乎？"对曰："先生教彼认书，我从旁听之，十已记其八矣！"试之果然。父奇之，遂留自课。

　　南村有龙神堂，在大沟北，中有文昌宫。每年二月初三日，诞会演剧，合村士女无不聚观，弟独绝迹不出。父怜其体弱，恐劳瘵成疾，诓令出观，不得已随去，隔沟而望，仍挟一书，且看且读。及父至剧场回视之，则已回塾矣。人皆以为异。时戊寅，余随先君自秀水丁祖父艰归，先君命余在环翠轩课弟谭元，而香如叔亦令鼎、骥二弟从学举业。惟弟年幼苦读，未弱冠而文已如成人。然是年值罗江会童，满拟县覆居首。未几榜发，则见骥一人回。问之，哽咽不言，泪如雨下，乃知道覆无名。因慰之曰："观汝志气如此，必不久居人下也。"次年即由县州院连取二案首，入庠。学宪南汇吴冲之爱其文，深器之。弟初名继，公亲笔改为骥。曰："汝千里驹也！"勉之。自是岁科屡试第一。丁酉，遂入选拔中乡试第五名经魁。余时亦提学广东，闻之喜曰："此可继先君及余之故步也！"次年戊戌又闻弟鼎元中进士，以三甲第一名改庶吉士。又喜曰："此可继余馆选之故步也。"是科，弟虽未第而鼎授馆得检讨。家声由是日起，人皆荣之。余曰："未也，须得编修乃慰我心耳，必得者其在骥弟乎？"又三年，余由广东学政任满，回京补授直隶通水道，因接二弟在署。甲辰会试，余与鼎往内城看榜，见四川进士额止二名，弟与巴县张锦与焉。一时榜下哗然，曰："皆读书种子也！我辈不第可无恨矣。"殿试二甲，改庶吉士后，三年散馆竟得编修。于是三翰林之名噪天下。大总裁兵部尚书献县纪晓岚先生谓诸王公曰："吾今科所取皆读书人，而首推者实雨村之弟骥元也。吾昔皆二甲，未得编修，今不缺矣！成吾志者子也！"时香如叔亦由山东泰安令、弟妇兄何人麟署，闻信回京相见于通，欢宴竟日。余时亦将归里。腊月初五为余诞辰，弟曾作诗二首祝寿、饯行，送至葫芦头，各洒泪而别。丁未，两弟丁叔父艰，始得回里相见。然一自楚北来，一自粤西来，虽丧费稍支，而万里千山，风尘碌碌，已苦不可胜言矣！居半年，惟与父老闲话桑麻，绝口不谈温室树。生平不喜应酬，在京亦不多赴晏（通"宴"）会。来川典试、编修温汝适，顺德人，为会试同年，榜后道过罗江见访，已行至祠堂，盖欲兼观醒园也。弟既不迎讶，亦不备餐，温怅然而去，弟闻之若不知也！服阙至京，此后遂与弟不复相见矣。次年适值乙卯科，各省乡试考差得头等。蒙恩差，与太常寺卿施朝干充山东副主考回京服命。召对称旨，问家世甚悉，天颜大喜。未几即升左春坊左中允，盖超升也，人皆以为简在帝心，不日将大用。王公及掌院等交相荐举。戊午大考，虽照例仍改编修，每逢站班，常被顾问，尤为成亲王所器赏。是年二月二十三日，奉特旨，派入上书房行走。除夕蒙上赏赐貂皮等节物。己未年五月初三，忽得咯血之疾，始犹勉强上朝，因误服凉药，遂至不起。盖弟一生，读书之心血至此而尽。虽身列清华，而骨体已枯，故临死而犹不自知也。

　　弟工于小楷，每以赵子昂为法，作文简古似韩柳。尤工于诗，立意学苏，数年前曾以《凫塘稿》托余婿张玉溪寄余求序，其诗极为少司寇王兰泉先生所赏。序成，寄墨庄为刊行，不知刊成否？弟天性孝友，兄弟和睦，从不问家人生产，故至今同居无间云。

后 记

遇到熟识或者不熟识的人，我常常被问一个问题：罗江"四李"都能写诗，都有诗集流传下来，哪里可以读到他们的诗？这个问题我不好解答，只好敷衍过去。

其实，我也一直想读"四李"的诗，想了解"四李"诗歌创作的大体风貌。李调元作为"四李"中存诗最多、影响最大的一位，其诗集的全本、选本不少，容易得到。其父李化楠的《万善堂集》，因为收入《函海》，随着《函海》的数度再版，人们要读到他的诗，也不难。最大的问题是李鼎元、李骥元兄弟二人的诗集，寻找起来殊为不易。

网络资讯的发达为我们读书带来了极大的便利。虽然，李鼎元的《师竹斋集》、李骥元的《李中允集》在清代初刻以后，便一直没有再刻，存世量很少，但是在"孔夫子旧书网"上出现了它们的复印本，这对于我来说，实在是令人高兴的事，"四李"的诗集大体是可以凑齐的了。

选辑的过程既有艰辛，也有乐趣。李化楠、李调元的诗集，可以有不同的版本参校，李鼎元、李骥元的诗集却只此一家，别无参考，加上复印件上墨汁浸染，部分笔画多、刻工稍劣的生僻字，因为原刻字模糊难辨，给识别带来极大的困难，因此在选抄的过程中不得不放弃一些优美可读的篇什，殊感遗憾。但在选抄过程中，诗人笔下的风物情怀不断地更新我对一些传统文化的认知、生出对祖国山水的深沉爱恋，这种过程是让人倍感愉悦、乐此不疲的。

　　为了让读者对"四季"的诗作有初步的了解，笔者在书前撰写了序，对"四季"诗歌创作的特点做了梳理。在每一位诗人诗歌作品的前面，分别对诗人生平及诗歌创作做了简要说明，诗歌作品的后面附录了诗人传记、时人为"四季"诗集所作的序文。对于诗歌正文，笔者没有加注，但是对部分生僻字，保留了识读时的注音，便于读者检索。诗歌原序原注全部保留，以帮助读者了解诗歌创作的背景。限于笔者水平，某些评价、定位可能不够准确或存在错误，亦请读者批评指正。

　　整理古籍的"战场"对于我来说是第一次。选抄"四季"诗歌的工作，历时两年。其中李化楠诗选自《万善堂集》（中华书局，1991年版，丛书集成初编本），并参考道光二年刻本；李调元诗选自《童山诗集》（中华书局，1985年版，丛书集成初编本），并参考部分今人所辑李调元诗；李鼎元诗选自《师竹斋集》（嘉庆本复印本）；李骥元诗选自《李中允集》（嘉庆本复印本）。所用方法，不外乎初读、抄录、复读、定稿而已。全书共选"四季"诗歌688首，大约占其诗歌总数（4700余首）的15%，这个比例还是很低的。笔者的初衷，是整理一个"四季"诗歌的普及本，希望能够达到这个目的。如果读者在阅读过程中，对于"四季"诗产生兴趣，希望读到全本，可以按图索骥，购买原书，以广见闻。

　　这本书能够出版，得到中共德阳市罗江区委宣传部、罗江区文学艺术界联合会、罗江区社会科学界联合会领导的热情鼓励，并在经费上予以保障，在此一并致以诚挚的感谢。同时希望读者在阅读过程中，将阅读体验、心得体会、意见建议告知笔者，以便在今后的工作中加以完善和改进。

尹帮斌

2023年4月